ことばの水底へ

「わたし」をめぐるオスティナート

國重裕

松籟社

【目次】

かぎりない憧れより
かぎりある行いが立ち昇る
昇りきらぬうちに　震えて傾くよわい噴水のように
しかし　ふだんは黙して語らぬ
われらが内なる朗らかな力は
この踊り舞う涙のなかに己が姿を顕わしているのだ。

リルケ『形象詩集』

わが魂は昇りゆく　物静かな妹よ　落ち葉色に
降り敷いた秋の夢みる　おまえの額へと
そして　天使のごときおまえの瞳にゆらめく空へと
昇りゆく　さながら愁いにしずむ庭園の
真白な噴水が　溜息さながら青空へ噴き上げているように！
——蒼白くも純白の十月に心なごんだ青空へ
おおきな噴水盤に尽きせぬわびしさを映す青空へ　そして
朽ち葉色をした木の葉の亡骸たちが　風に漂い
つめたい澪を穿つ　澱んだ水面に
長い光線を曳きつつ黄色い太陽がうつろう

マラルメ『噴水』

ことばの水底へ——「わたし」をめぐるオスティナート

自画像——鴨居玲と礒江毅

かつて、ヴィーンの画廊でレンブラントのエッチングの展覧会を観たことがある。展示されていたのは、一枚の自画像。それを一刷りから順番に七枚並べただけの簡素なものだった。一度刷っては微調整を施す。インクの濃さやプレス圧の試行錯誤もあっただろう。しかし私的な目的で作製した銅版画を、すくなくともレンブラントが七回も試し刷りをしたのは、技術的な問題だけでないことはまちがいない。自画像はより精緻に変容していく。

そしてレンブラントは若年から晩年にいたるまで数多くの自画像を残した。若くして名声を手に入れた画家が、富も家族も失い、失意のなかで肉体の衰えと対峙する晩年まで、自己を凝視しつづけた。それは彼、レンブラントという固有名、一人の男ではなく、人間、あるいは生き物の本質と存在を問うたからに他ならないからだろう。

――凝視する。

――自己を凝視する。

だがいったい、凝視とはいかなるまなざしなのだろう？　相手の顔に浮かんだ一瞬の表情の変化、たとえば、こわばりやとまどいに気づくときとは違う。役者が舞台や銀幕で見せる絶妙な演技に魅入られてしまうのとも違う。まして街中で行き交う人びとを観察する眼とも異なる。自己を凝視するとは、対話なのだ。自分自身への果てしない問いかけ。答のない問答。無限の謎に身を投じること。闇にどこまでも錘《おもり》を降ろすこと。

それは「われ思うゆえにわれ在り」とは違う。むしろ「われ疑うゆえにわれ在り」の世界だ。とはいえ、この「われ」が、はてしない謎かけを仕掛けてくるわけではなさそうだ。わたしがいるということ、わたしがあるということの不思議さ、驚き、畏れ。すくなくとも疑っている間は自己は存在するようだ。その自己とは誰か？　わたしとは誰か？　確かなのは自分がいま眼の前に「いる」ということだ。

しかし他人とのやり取りとは違って、答えは返ってこない。いや、その反対だ。無数の答えが無数に返して寄こされる。

鴨居玲（一九四六〜八五）はサイコロ遊びを題材にした作品をいくつも残した。サイコロ遊びの絵が「静止した刻《とき》」だとすれば、自画像は刻々と変化する「時間」だ。そのような生き物の在り様を描こうとしたのが鴨居の自画像である。生命という普遍的なものと、老いていく自分という肉体＝有限物質を同時に内包しているのが「わたし」だ。「生きているとは結局どういう事態なのか？」鴨居の自画像は、腹立たしげに観る者にそう問いかけているように思える。

答えはもちろんない。そもそも答えが存在しないのか、人智の及ばない問いなのかすら、人間には分からない。「わたし」は疑り深そうに自己を凝視している。凝視の先には闇しかない。そんな問いにかかずらわってしまう自分を戯画化してみたくもなったろう。真っ赤な画面にそっくり返った道化師の自画像や、仮面の下はのっぺらぼうの自画像などが、その例か。「わらいたまえ」「酔って候」「踊りたまえ」からは、そんな自意識にたいするおどけたまなざしも感じとれる。逆に心臓発作の直後に描かれた「ミスターXが来た日」は痛切な画業である。

一度闇を見据えた者は、酒に溺れようと、もはやその視線を外すことはできない。他人からは逃れられても、自分から逃げることはできない。今日も自分へと向き合う。沈黙のなかの無限の問いかけの繰り返し。しかし疑っている間はかろうじて彼は存在する。だがそれは「われ思うゆえにわれ在り」のような、確信にも至らない。ふと気づくとアトリエに独りたたずむ自分。空虚のなかの肉体。フランシス・ベーコンの人体画のような官能的な悦びは鴨居の絵からは感じられない。ジャコメッティのような形而上学も感じさせない。答えのない問いが一つの「肉」として、ただそれだけが、絵画の姿をしてわたしたちに遺されている。画家のまなざしの先に存在したであろう「顔」とそれを取り囲む虚空(「一九八二年・私」を見よ)。凝視するまなざしはその「顔」の向こうに何を見つめていたのだろうか。

もうひとり、同じようにわたしを惹きつけてやまない画家がいる。鴨居と同じく、長年スペインに拠点をおいて活躍した磯江毅(一九五四~二〇〇七)だ。

静物 la nature morte。けれども、磯江の絵のなかでは、事物も、そして時間もけっして死んでいるのではなかった。それゆえ英語の still life という言い回しの方が彼の作品にはふさわしい。磯江の絵は「時間を封印する」体《てい》のものではないのだから。

アトリエで対象(厨房画 bodegón の長い伝統をもつスペインでは、果実や野菜、鶏や魚、そして牛乳さしや皿など器を題材とすることが多い）を見つめる画家の視線。おそらく制作の過程で、腐敗し、腐臭も発していただろう静物を独りひっそりと見つめ、画布に定着していった透徹したまなざし。アトリエで流れていたはずの濃密な時間を、観る者はたしかにそこに感じる。制作の場で流れた語らいは、緊張を孕みながらも、みのり多いものだったにちがいない。なぜなら朽ちていくのは静物だけではなく、画家本人も生身の人間だったのだから。

　磯江毅には「Vanitas 虚栄」と題した自画像が何枚かある。さらに霊安室に安置された屍体を描いた絵も。いまは色鮮やかでみずみずしい花も果物もやがては滅びる。人間の肉体もまた。かつてヨーロッパ絵画でよく用いられた寓意である。この「死をおもえ memento mori」の意識が「いま」を定着する写実画に磯江を向かわせたのではないか。「いま」という時間の有り難さ。過ぎていく時間の無情。それゆえ、とくに晩年、死ととなりあわせに生きていることを意識していたからこそ、画家のカンバスには濃密な時間が流れることになったのだ。いまという「刹那」をギリギリまで表現しようとする磯江の靭《つよ》い意志がみなぎっている。

　——それにしても磯江の絵はなんとひっそりと佇んでいることだろう。画家の熱度がまなざしを曇らせることは一切ない。過ぎ去りゆく時間を押しとどめることはできないがゆえに、いっそう彼のまなざしは研ぎ澄まされたかのようだ。そのまなざしは虚無的ではない。

磯江の絵画とはじめて対峙したのは、二〇〇二年奈良県立美術館での特別展「写実・レアリスム絵画の現在」でのことだった。それ以前、一九九一年に京都の高島屋で開かれた「スペイン美術のいま――マドリード・リアリズムの輝き」にも、磯江は「グスタボ・イソエ」として裸婦像と静物画を一点ずつ、ほかのスペインの画家たちとならんで出品している。

磯江の絵の前に来ると、思わず立ち止まらずにはいられない。作品が静けさにつつまれながら、まるで宇宙の深淵を覗きこむような時間と空間がそこには拡がっているからだ。

虚無を背にしながら、制作の過程で画家が生きたかけがえのない時間の証が作品には流れている。作品を前にしたわたしが落ちついた豊かな時間に身を浸すことができるのは、その確かさが与えてくれるちいさな慰めゆえである。

原風景──麻田浩

雨はあがったが、空は白く沈鬱である。

昨夜は激しい雨滴が一晩じゅう、軒庇《のきびさし》のトタン板を鳴らしつづけて眠りをさまたげた。とぎれとぎれになる眠りの狭間《はざま》から、小石を叩きつけるように落ちてくる、その音を聴いているのは、しかしすこしもうとましくはなかった。闇の幕にくわえて、雨音の幕まで張りめぐらされ、ただ一人でしいんと、どこか深いところに沈みこんでいくような、静かなよろこびさえそこには混じっていた。水槽《すいそう》のなかに横たわって、だれもいない無《む》間《けん》の暗がりへどこまでも落ちていく。

高橋たか子『空の果てまで』の冒頭。この彼女のデビュー作の文庫本（一九八三年、新潮社）の表紙を飾っていたのが麻田浩（一九三一〜九七）の絵だった。

自らの内面の深部に錘《おもり》を降ろす。深く、深く。深淵の闇のなかへ、五感だけを研ぎ澄ませて。光もなく、音もない世界。内面の奥底へ、あるいは記憶の？

自閉した世界への沈潜。高橋たか子の小説の愛読者だったわたしは、すうっと麻田浩の世界に入っていった。

没後十年（二〇〇七年）に地元京都で開催された回顧展の会場を歩きながら、けれども、わたしがある種の息苦しさを覚えたのもたしかだ。沈黙、沈黙、静寂。まるで深い水底、あるいは宇宙の闇のどこかにある天体の地表。いずれにせよ、光も射さず、まったく音のない、忘れられた一隅。その世界を凝視する画家の喰い入るまでの神経に耐えられなくなりそうだった……。濃密と狂気の限界。麻田浩のカンバスに封じこめられた、止められた時間。閉ざされた時間。

それでも、会場の絵画を観ながら、静けさへと沈んでいくことは恐怖ではなく、むしろ心地よかった。それは麻田の知覚がどこまでも透明だったからだろう。水底に身を置くことの不可思議な安らぎ。

それにしても神経を擦り減らす心象世界であることにはまちがいがない。だから、麻田の晩年の作品に光が射し、空が覗き、鳥が飛翔し、船が帆を張り、そして水滴が流れはじめたのを見て、この画家の救いを感じたものだ。終末世界のような重苦しさから解放されたのか、縁に小さく切手が描かれ、旅が夢想される。

ふたたび高橋たか子の小説から『荒野』の一節。

「人間のなかに、憎しみという暗い雲の海みたいなものが共通にあって、人は憎む時、そこに落ち込むのよ。すると、そこにはあらゆる人の憎んでいる声が聞える。共通だから。そこに落ちてくる。いや、そこから汲んでくる。(中略)憎めば憎むほど青空へ出られる。(中略)憎むことを憎むから」

「ああ、両手で暗い雲をかきわけて、その向こうに出るのね」

「憎しみ」はあくまで高橋たか子のモチーフで、麻田浩のそれではない。けれども、その果てに見ることができた青空は、なにかしら通底するものがあるような気がするのだ。

木を削る――川添洋司

川添洋司の個展に足を運ぶようになってどれくらいになるだろう。彼の作品を見ていつも感じるのは、いまにもこわれそうな繊細さ。

彼を木へと向かわせているものは何だろう。表現へと駆り立てるものは？　そうせずにはいられない孤独だ。固い木の木彫、海辺に漂着した廃材に彩色して作り上げられたオブジェ、ドローイング、写真。どこからも孤独の、声にならない叫びが伝わってくる。

廃船は美しい。漂泊、流転、歴史の痕跡。船は人体によく似ている。そしてさながら廃船は人の骸骨だ。生死の果ての浄化・カタルシス。私にとっては廃船も骸骨も聖域だ。

人形が立っている。人形が漂う。始まりも無く、終わりも無く……。陽に晒され風化に身を任し、ゆっくりと頭をもたげ、錆びてゆく。朽ちてゆく。消えてゆく。（川添洋司「廃船」より）

もちろん作者の川添の実生活が孤独だと言いたいわけではない。孤独に対する感受性の鋭さを指摘したいだけだ。生きている、ということの痛み。それはみずからの生、つまり体、体調、気分はけっして「わたし」にはコントロールできないという暗澹たる現実に基づいているのだろう。みずからが一つの闇であり、一個の他者であり、死ぬまで訣別しえない肉体である認識。そして自分の生の終わりの瞬間さえ自分では決定できない予感。つまり生と死がつねに背中合わせの世界。もちろん死がすべての終わりではないにせよ。

その透徹したまなざしが木を削る。と同時に生身の人間が固い木を削る、そこはかとないエロスも川添の作品から立ち顕われてくる。このエロスもしかし死すべき人間の存在を意識させる。天使をあしらった連作にこめられたユーモアも、川添の照れなのか大真面目なのかさだかではない。

たしかなのは川添がかぎりなく優しい人だということだ。たとえ酒に酔い、激していようと。繊細さとやさしさと。痛みと孤独と。その極北を川添の木彫は目ざしつづけている。

言葉に揺さぶりをかける——藤原安紀子

トモロモ

あれとしえる斜面にいちわのくぶ音
の届くかたもとで曲がり
かならづこの塀をつたうかさかげに
ぬくもる祖草をいどうする

藤原安紀子『音づれる聲』

近代文学における自伝作品の嚆矢《こうし》としてジャン＝ジャック・ルソーの『告白』を挙げることに異論をはさむ者はほとんどいまい。『告白』を書くルソーは、近代的自我を前提とし、「わたし」は内面を隈なく見渡すことができ、かつ語りうるという信念をいだいていたのだった。

二十世紀に入って書かれたアンドレ・ブルトンの『ナジャ』（一九二八）は、ルソーの『告白』に対するアンチ・テーゼとして読むことができる。「わたしとは誰か？」という問い掛けからはじめるブルトンは、「わたし」という人物を disposition することを試みる。disposition あるいはその動詞 disposer とは、「配置・排列（する）」という意味のほかに、「精神状態」という意味、さらに「自由に使える、思うように扱う」という意味もある。しかしシュルレアリスト＝ブルトンの意図に従うならば、この語は position に否定の接頭辞 dis が付けられていることからも分かるとおり、「通常のポジションからずれた精神状態に自らを置くこと」、「みずからの精神状態をトランス状態に置くこと」、すなわち「自己に揺さぶりをかけること」と理解すべきであろう。シュルレアリストがいう dépaysement、つまりふだんある状態から離し、不気味な、落ちつかない気持ちを喚び起こす「異化」と直結する。こうした disposition された精神状態にあってパリの街を歩き廻り、ナジャという不思議な女性と出会った顚末を描いた作品が『ナジャ』である。もっと正確にいうならばナジャの存在に触発されて、いっそう精神が「現実を超えた」状態に昂じたブルトンの日々を描いた作品が『ナジャ』である。けれどもブルトンはみずからを揺さぶりにかけることはあっても、言葉に揺さぶりをかけることはなかった。催眠術や自動筆記にしろ、その次元にとどまっていたといわざるをえない。

藤原安紀子が詩作において試みているのは、みずからをdispotionしつつ、言葉をもdispostionすることである。「人間は言葉から生まれてきたものだと思う。そういう人間の精神や核心に触れたい。紀元前からの連綿たる歴史の一点にある私が、漠然と感じている見えないけれど大切な大きな力を内に呼び込み、外界とつなげればいいと思う」（京都新聞二〇〇五年十二月四日）と藤原は語る。みずからを一つの「器」として、寄り集まってくる言葉に耳を澄まし、言葉を解放する。そのような状態を藤原は、カメラで絞りを開放にしきった状態に喩《たと》える。

詩作は創造行為ではない。私（人）という生物をとおった軌跡として詩が残るだけで、人間のみならず様々な器を経て継がれているものに力を加える必要はありません。予め万物にあたえられている原初的な心（この言葉が正しいかどうか不安ですが）を、理解を超えたところで再確認する。まだ明るみに出ていない「心の本質」に光をあてること

が、私たちのすべきことなのではないでしょうか。（『現代詩手帖』二〇〇四年二月）

藤原安紀子の第一詩集『音づれる聲』に見出される、たとえば「川ル川ル　射すとそこはきしみ／いく躰かのここ露《ろ》と伝言をしいる　小さな山の上／珠蕾の容れものいまは／もちあるくははで石」、「以後ひとのとおらなかった苦さ刈りをする／旧い名のヨニでは／みつみの天使が住まわった堵の中うらへ／ぼくをひとつ降ろす」、「白枝はアマリリスまるくする手まり／ぼくと　まりゅの弱い音と　波ねおどって／茎いろの掻へわらい溶け／つつぬして折り被さった」など一見読解困難な詩句は、右のような藤原の詩作の姿勢を念頭に置き、言葉がまだ未成・未生であった太古の時代に読者も身を置いて、自らの内に耳を澄ますことを強要するものである。みずからをさながら楽器のように響かせることを要求するのだ。

作者によって紡ぎ出された作品。すでに「意味」が定着されていて、それを読み解くことに読者の役割を限定すること、詩作を「意味」へ還元する態度から藤原ははるか遠いところにいる。『音づれる聲』を読む者は、一つの「器」として「時間」を経験する。その時間のなかであなたのうちに響く声／音楽が藤原の詩である。なぜなら藤原の詩語は、干からびたミイラのように、言葉がある一つの意味に固着されているのではなく、読者が頁を繰る度に、未だなお現前していない「未来」へと開かれて在るからだ。こうしてあなたの「現在」にも揺さぶりをかけ、この「現実」に対してもしかして可能だったかもしれぬ別の潜在的な空間を呼び拡げる。しばしその時空に身を晒《さら》すことが藤原安紀子の詩を読む営為なのではないだろうか。

あるいはベルクソンに倣って「生成」のイメージを抱いてもよい。人間は本来「生成」に溢れているはずの日常という渾沌とした現実を、「習慣」という惰性的判断で、豊かな多様性に気づかずに日々過ごす。たしかに毎日が反復のない、新たな発見であっては人間の認識は疲労するだろう。この「認識」を安定化・固定化する装置が「言葉」である。複雑で、潜在性に充ちた世界を既知の概念に還元する装置としての言葉をベルクソンは批判する。豊かで持続する「生成」に内在することこそ肝要なのだ。藤原安紀子の言語芸術は、世界を固定するものとしてではなく、世界を開く所作としての言葉の生命力に賭ける、という困難な隘路を辿る。

「優れた詩また表現は、何も言わずとも、言い換えれば言葉による力を加えずとも、動き出しているものがある。」（『現代詩手帖』前出）この「動き出しているもの」を体験することにこそ、藤原の詩の面白みがあるといえる。たとえスタティックにみえることがあったとしても、藤原が創造する／想像する詩は言語という牢獄を打ち破る躍動する生命力に溢れている。藤原という固有名、あなたという固体・主体を解体した先の無辺際の世界がそこには拡がっている。時間芸術としての詩。

わたしは藤原をシュルレアリストの末裔に数え入れようとしているのではない。けれどもブルトンが提唱した dispositon の理念は、藤原安紀子において実現したようにわたしは思う。

藤原安紀子がみずからの詩作の姿勢を「カメラで絞りを開放にしきった状態」に喩えたことは、先述のとおりだ。その意味を、「言葉」に焦点を絞ってもう少し考えてみたい。マラルメがいうように貨幣のようにやり取りされ、「意味」が伝達されれば役目を果たすような日常言語を外れたところに、模索されるべき「言葉」があるはずだ。「同一のもの」の飽くなき再現でしかない言語ではなく、現象が同一性に回収される以前の一瞬に開かれる「まったく新しいもの・未知のもの」である空隙を開いてくれる「言葉」が。

「言語」がある一定の表象を、毎回手堅く伝達するという信仰は、少し考えてみれば空論であることが分かる。話者から聞き手へ伝えられるとき、欠落や余剰といった具合に、そこには必ず「ズレ」が発生する。この「ズレ」こそが藤原の詩的言語なのだ。

わたしたちの生における現象を、「言語（logos）」がいっけん纏《まと》っているかのようにみえる確固たる意味によって凝結させたり、何がしかの「本質」に還元されたりしないような「言葉」、むしろロゴスが孕む隠然たる本質主義的な力を打ち毀《こわ》し、破壊するものとしての「言葉」が彼女の詩である。

そのような「言葉」がいかにして可能になるのか？

詩にかぎらずテクストもまた、読まれることにより刻一刻と変幻していく存在である。テクストと読者の不断の往還から新たな「織物」が編み出されていく。つまりテクストもつねに生成の途上にある。この「開かれ」のなかで、先ほど希求した、現象がつねに一つの意味に還元されない「言葉」が立ち顕われてくるのだろうか？

そうだともいえるが、まだ不充分である。

ここで「語る主体」、あるいは「書き手」について考えてみよう。書き手とは、みずから思惟する主体なのか。むしろ「何か」が思考している「場」が書き手ではないのか。この転倒は、次のように説明できる。

わたしが「わたし」を認識できるのは、自分を距離をもって見つめられるからだ。赤ん坊のように自分が自分と不即不離の状態ではなく、「シンボル」をはさんで自己を「対象化」できるからである。この対象化の作用こそ、ほかならぬ「言葉」を媒介にして可能になる。「言語（langage）」を体得し、操ることによって、人間はロゴスを持った生き物となる。したがって「わたしの思考」は、「言語の思考」だといってもよい。わたしは言語の網目を超えて思考することはできない。ゆえに世界全体が、「言葉（signe）」の編物、すなわちテクストであるということになる。つまり「わたし」がいかに主体的に思考していると思っても、「わたし」は言葉の規範の内に縛られている。

だが人は言葉の規範の《外》が存在することも予感することがある。言葉の法則によって構成されることによって保証されている自己の同一性には隙間があること、堅固に構築されているかにみえる「わたし」の内奥には言語に回収されえないエネルギーが横溢していることを感じる。「わたし」という全体性の余剰を感じることが。

わたしはそのような事態をブルトンに倣って disposition と呼んだが、ここでバタイユに倣って「内的体験」と呼んでもいい。「わたし」を「言語」の規範から一時解き放つこと。言語の外に立つこと。

――そのようなことは不可能だ、とつい先ほど述べたではないか、と反論されるかもしれない。しかしたとえば、思考しえぬものを思考することとはいかなる事態かを、立ち止まって考えてみてほしい。思考しえぬもの、すなわちまったき「他者」が訪れたときには？

そのとき「わたし」は完全に受け身である。誰かが「わたし」を思考する。そんな状態が忽然《こつぜん》と出現する。到来した「他者」は、「わたし」に取り憑いて離れない。「他者」は「わたし」に、「わたし」の外部を思考することを強制する。そのとき「わたし」を媒介として思考する「何か」が現れる。その刹那には、誰がそれを思考しているかはもはや問題ではない。何が、そこで思考されているかが問題なのだ。いや、そこで何かが思考されていること自体が「有り難い。」

藤原安紀子の詩は、まさに「他者＝異邦人」の到来が現出した瞬間の「言葉」であろうとする。人間を人間として構築している言葉、「世界」というテクストの裂け目から噴出してくる「言葉（signe）」である。「カメラで絞りを開放にしきった状態」とは、このような事態を指すものとして理解されるだろう。刻々と移ろいゆく時間の中で、生成しては消えてゆく生に内在し、突然訪れる「他者」を待ち受ける姿勢。その刹那、もはや「わたし」が発しているのか「異邦人」が発しているのか渾沌未分の状態で紡がれる「言葉」。

藤原の詩とは、書かれた（すでに終わった）言葉ではなく、進行中（いまだなお）の《出来事》の描出運動であるといえるだろう。冒頭に述べた「ズレ」とは、正確にはズレそのものではなく、また「ずらしていく」作為でもなく、「ズレていく」渦中の連鎖反応を指す、言葉の、そして詩人の。他者の「訪れ」を待機する詩人。その意味でも彼女の三作目の詩集『ア　ナザ　ミミクリ an other mimicry』ほど彼女の詩想を捉えた題名はない。

雪崩れる「わたし」――古井由吉とムージル

古井由吉のデビュー作「木曜日に」は、仕事を休み登山に出た主人公が、山中で一時的に道に迷い、方向感覚を失い、自我が無限の空と山の拡がりに溶解する体験から、都会での会社務めの日常を逆照射しようとした短篇だ。

あの鮮やかな驚きをなぞろうと、虚空の真只中に岩壁を描いてはまた消しながら、私は眺めていた。灰色の海はもうかすかにも答えなかった。はぐらかされた子供がいよいよ片意地にはまりこんでいくように、私は虚空の沈黙の中に、ことさらに大きく、ことさらに荒々しく岩壁を描きなぐりつづけた。(中略)その時、摑みどころもなくひろがる霧の中から、私の意志がとうとう形を得たように、唐突として一塊りのなまなましい緑が現われ、岩間に根づく這松《はいまつ》が虚空に枝を伸ばした。先ほどよりもひとまわり大きな岩壁が、私の鼻先にそそり立った。私は真剣に目を凝らした。しかし次の瞬間にはもう、あまりに緊張した眼にとって、そこにあるものは一枚の巨大な岩壁の影のようでもあり、ただ霧に満たされた虚空のようでもあり、見分けがつかなかった。

あの時、私がまた東に向かってどれほど歩いたのか、それは下り一方の道だったのか、それとも上り道もあったのか、今となってはほとんど思い出せない。初めはたしかに細々ながら紛れもない人の踏みあとが私を導いた。だがしばらくすると、私は一枚の岩の上で立ち往生していた。いましがた何気なく歩みを止め、体をぐるりとまわして四方を見渡したそのとたんに、何もかもが一様にひろがる霧の中へ溺れてしまったのだ。遠近ばかりか、高低まで霧の中に溺れてしまった。

三日間の単独行の末、雨の中「私」は谷に降り、温泉宿で意識を失う。

――古井由吉の山歩きへの愛着は、三巻からなる『全エッセイ』（一九八〇年）の一冊が「山に行く心」と題されていることからも看てとれる（ほかの二冊は「日常の変身」、「言葉の呪術」）。それゆえ、彼が作家としての出発点で登山を題材に選んだことに不思議はないようにみえる。けれども、古井由吉の後の作品、たとえば『杳子』や『聖』が、山のなかをさまようちに時間や空間だけでなく自我までも喪失したあと、「下界」に帰還した登場人物の精神の変容を、執拗かつ精緻に描いている以上、山歩きは主題の上からも古井の文学にとって必然のものだったことがわかる。

柄谷行人は「閉ざされたる熱狂」という古井由吉論のなかで「木曜日に」を取りあげている。柄谷によると、この作品で語られているものは、「知覚するものを『いまここにいる』というかたちで統覚することができなくなったため、したがって逆にいえば、『私がいまここにある』という同一性と連続性をもちえなくなったために生じた」異常であり、「自己自身との関係の障害」だという。この障害のため主人公の「私」には、「外界の存在感が豊満になったり希薄になったりしてしまうのである」。つづけて、『杳子』にあるのは、「自己を連続性として統合しえない者が陥っていく深い寂寥《せきりょう》であり、他者を求めながら他者を感じることができない孤絶の苦しみにほかならない」と分析する。すでに彼は「マクベス論」のなかで、マクベスの悪夢が「どこからが内部でどこからが外部かの標識そのものを喪《うしな》った個人の内部にこそ由来する」と述べ、夏目漱石を論じた「意識と自然」の中で、『こころ』の先生について、「他者としての私（外側からみた私）と他者として対象化しえない『私』（内側からみた私）を同時に意味している」とした上で、「対象として知りうる人間の『心理』ではなく、人間が関係づけられ相互性として存在するとき見出す『心理をこえたもの』を彼は見ている」と書いていた。柄谷の解釈を、古井の登場人物たちにまで敷衍《ふえん》しても的外れではないだろう。古井の「私」は、個体として「意味」から切り離され、ときに「群れ」に流しこまれ、ときに透明な抽象性の中を漂うことになる。(完全に私的な体験ではなく、群れのなかの「わたし」に象徴化することによって、古井は「主観性」と「類型化」の両方から逃れようとする。虚構としての文学の意義がそこにある。古井の志向性は、「抒情詩において声を発する自我は、みずからを集合に対立し、客観性に対立する自我として規定しかつ表現するひとつの自我なのである」という、アドルノが「抒情詩と社会」で展開している命題と同根の詩学だろう。)

たとえば五十枚ほどの短篇「水」は「私」という人称を一度も使うことなく書かれた野心作だ。その冒頭の一節を引用する。

　夜中に喉の渇きを覚えて目をさます。ほんとうは健やかな感覚であるはずだ。起き上がって水道のところまで行き、冷い水をコップに一杯、腹の中に流しこむ。その混じり気のない満足がすぐにまた眠りにつながっていく。酔いの重しをつけて底に沈められたような今までの眠りと違って、心地よく小波立ちながらどこまでも平らかにひろがっていく眠りだ。

ところが、起き上がれない。ひたむきな肉体の欲求が、ほんのわずかのところで、どうしても動作につながっていかない。暗がりの中で頭を起こして腹這いにまではなっている。

「自己」という虚構を解体した先に浮かびあがってくる「何か」を描くための方法論として、古井は九十年代以降、『白髪の唄』、『聖耳』、『忿翁』、『野川』と、「私小説」という形式を換骨奪胎し、「私」が孕む「ズレ」、二重性に肉迫する。

「私」が「私」を描くというのは絶対矛盾である。これは原理的にあり得ないことである。主語である「私」と、目的語である「私」とが、何かのぐあいで違っていなければ、「私」が「私」を描くということは成り立たない。(中略)私を描く、できるだけありのままを描くということほど、はなはだしいフィクションはないんです。「現実」と「書いていること」の誤差を少なくしていけば少なくしていくほど、質的な隔たりは大きくなる。つまり書くということがすでにフィクションの要素を持っているんです。(『「私」という白道』)

こうした古井由吉の作家としてのまなざしの原点には、ドイツ文学者である彼の翻訳体験がある。彼が翻訳したのは、ヘルマン・ブロッホとローベルト・ムージルの二人の二十世紀オーストリアの小説家である。とくにムージルについては、シリーズ『作家の方法』の一冊として、講演録『ムージル　観念のエロス』を著している。ムージルの代表作『特性のない男』について語った次の一節は、古井文学を理解するための格好の補助線といえるだろう。

人物、性格、キャラクターというものも、所詮は反復によって体得されたひとつの人生態度ではないかと考える。もとをただせば、かならずしも、必然的なものでもない。偶然な状況によって、ある反復がとくに要求されて、その結果いちじるしくなったひとつの性格あるいは性向、これを人は人物と称する。（中略）性格というものも、その成り立ちを遡ってみれば、決して実体的、固定的なものではない。さらに、人間は個人的なものと非個人的なものの混じり合いであり、人間の内の非個人的なものに目を向ければ、人が自分というものを形づくっていくその運動をみることができる。あるいは自分を構築していく衝動というものを。

古井はムージルのほかの作品についても、つぎのように述べる。

人は物を直接見ているわけではない。いつも何かの価値観を通して見ている。だからこそ現実がある。世界を見るのは、その世界観を通して見ているのだ。もしその価値観によらずに直接見るとしたら、世界というのはまとまりを失って一つ一つの細部へ分解してしまう。その細部は価値観からくる意味を失って、それぞれ孤立してしまう。

現実というものはひとまとまりのものとして、一つの価値観の中に包括すれば揺ぎないものだろうが、個々のものへ分析していくと、およそ奇怪なもの、およそとらえがたいものになる。つまり現実の解体のほうへ話を進めていく。それから解体された現実の荒涼から立つひとつの調べとか音色、それをとらえていく。

それゆえムージルの小説は、「いったんあたえられた現実が取り返されたり、あるいは取り返されないまでも、非現実化されたり、非現実化されたかと思ったら、また現実として戻されたり、複雑な往復運動、流れが逆巻きながら、前へ進んでいくような運動」になる。その息の長い過程が、具体的な日常と、抽象的な観念と思惟の境界のあわいを往き来しつつ、いつのまにか境界線を消失させる、ムージル独特の密度の濃い文体で描かれる。

「いましがたまでは彼女の内に入りこんで感情となったこの躍動を、いまでもまだ彼女は窓外に見ることは見たが、おのれに満たされて浮かされたような動きではあったが、それらの物たちを手もとにひきよせようとすると、物たちはたちまちぼろぼろに砕けて、彼女の凝視のもとで崩れてしまう。そしてなにやら醜悪な感じが生じて、妙なふうに目に刺しこんできた。まるで目の内から彼女の魂が身を乗り出し、ひしひしと遠くへ手を伸ばし、何ものかをつかもうとして、空をつかんだかのように。」（古井由吉訳）

ドイツ・ロマン派の作家たちには、現実を必然として感じられない苦悩を描いた作品が少なくない。現実は断片化し、総体としての世界は失われる。小説の主人公にとって、自我（自意識）も恋愛の対象すらも偶然の産物にすぎない。それゆえ主人公たちは、自己の行為も偶然を契機にしたものにすぎないと、しばしば距離をもって、無責任ともとれる醒めた眼で自省するばかりだ。だがムージルの小説はその対極に位置する。

初期の短篇「愛の完成」は、一人の女が夫との愛、夫との結婚生活の必然性を十全に感じるために、旅先で見知らぬ男に身をゆだねる物語である。偶然出会った男と関係をもつことによって、逆説的に夫とのつながりの必然性を確認するという、倒錯的にもみえる行為は、主人公の靭《つよ》い意志に基づくもので、彼女にとって明瞭な「現実」を獲得するための不可避な営みなのだ。しかも、彼女が絶対的な愛の成就、「彼女の愛における究極の自我感」を感じるのは、ホテルの部屋の扉越しに男が立っているのを察し、そのまま扉を開けることなく衣服を脱ぎ、彼が立ち去るのを待った夜のことであり、実際に肉体関係をもったつぎの日の夜は、もはや後日談的な瑣末な出来事にすぎない。作家ムージルの賭けは、この荒涼としつつも目眩く官能的な心の襞をいかに具体的に描出できるかにあった。

そんな主人公の「脱自」ともいえる心理描写を、古井自身の翻訳で紹介する。

彼女はおずおずと表をなおも眺めつづけた。しかしそら恐ろしいまでに未知なものの重みを受けて、彼女の心はしだいにあらゆる拒絶の構えを、克服の意志の力を恥じはじめた。彼女の心は考えこむ様子だった。そしてあらゆるものを成るがままにまかせる、あのもっとも繊細で究極の、弱さの力に支えられ、小児よりもかぼそくなり、一枚の色あせた絹よりもやさしくなった。いまや、ゆるやかに萌してくる喜悦とともに、彼女はこの世界によそ者としてあるというもっとも深い幸福を、退くことによりようやく人らしい情となるこの幸福を感じるばかりだった。この世界の内に入りこめず、この世界のかずかずの決定の中からひとつとして自分に定められた分を見出せず、人々の決定の真只中にありながら人生の縁まで押しやられて、巨大な盲目の虚無へ墜落するその寸前の一瞬を感じる、そんな気持ちをいだいて、この世界にあるという幸福を。

譬喩《ひゆ》に譬喩を重ね、否定に否定を重ね、その先にかろうじて掬《すく》いえた現実、いやこぼれ落ちてしまったものの可能性の果てから、ほのかに予兆として現実を暗示する綱渡りの連続。リルケの詩「別れ」にもいえることだが、ムージルも、あたかも虚空に毬を抛《ほう》りあげることで、放物線が描くうつくしい軌跡を描出しようとしているかのようだ。その軌跡に夢のように忽然と、かすかにでも現実の感触が立ちのぼってくるのだろうか。

「わたしたちはマラルメを徹底的に考えねばなりません。」――ツェランがビューヒナー賞受賞講演「子午線」(一九六〇)のなかで、唐突にマラルメの名前をもち出し、「絶対詩、そんなものはけっして存在しえません」とつづけているからには、ツェランにとってマラルメは否定すべき存在だったにちがいない。

ところがフーゴー・フリードリヒの『近代詩の構造』(一九五九)を繙《ひもと》いて、当時のマラルメの詩学の受け取られ方をみると、ツェランがあえてマラルメの名前をもち出す理由がわかりにくい。それどころか、両者の親近性の方が目につくほどだ(以下『近代詩の構造』は、飛鷹節による邦訳を参照する)。

フリードリヒによると、マラルメの独創性は、彼の詩が慣れ親しんできた事象を現実から解き放ち、徹底的に異化することにある。それによって、ことばそのもののなかに現実が出現する事態が可能になるのだ。客観的事実としての《出来事》ではなく、《ことばのなかに生起する出来事》。マラルメの詩では、事物はいったん具体性を奪われ、不在のなかへおしやられる。事物は実体を失いながらも、詩（ことば）をとおして、あらためて現前する。それも、以前に増してありありと。ことばは、貨幣のようにやり取りされるあり方から解放されなければならないのだ。

ここで無題の十四行詩を引いておきたい。

今宵　瑪瑙《めのう》を捧げるがごとく透きとおった
爪は燭台を高くおしいただき　苦悩が、
不死鳥に焼かれ　人気《ひとけ》ない広間の祭器卓上の
古代の骨壷にすら納められることもなく

夕べの夢をみている、空しさを響かす
棄てられた骨董品の法螺貝《ほらがい》さながら。

（主《あるじ》は　唯一の価値ある虚無をたずさえ
黄泉の河へと涙を汲みに出かけてしまったのだから）

だが　開け放たれた北側の格子窓のそば
水の精に炎を吐く一角獣の飾りのあたりで
黄金に輝いていた苦悶も死に絶える。

額縁に閉じこめられた忘却のなかで
裸のまま鏡に映った水の精さながら
そして瞬《またた》く大熊座の七重奏も　また凝結する。

マラルメの関心は、ことばで語りえぬものを《不在》によって逆説的に照射することにある。このソネットの場合、鏡に映った星座がそれだ。詩の最後に置かれたことばseptuorとは、音楽（七重奏曲）であり、また大熊座（北斗七星）である。マラルメは、闇のなかの星々を星座として捉え、それらの星座の運行を詩に擬したのだ。

いうまでもなく、音楽もまた時間とともに移ろいゆく。この詩全体の主語であるle

septuorが、詩のいちばん最後の行に登場する仕掛けも、マラルメによって周到に用意されたものだ。読者は、主語がなにかを知らされないまま、精神的な宙づりにされる。(初稿ではsinon que sur la glace encore / De scintillations le septuor se fixe. と主語―述語の順だった。)

にもかかわらずこの星座＝音楽は最後には「凝結する se fixer」。マラルメはことばが書物として定着されることを夢想する。ちょうど立ちのぼる花の香りや音楽が、純粋言語として凝固されるがごとく。

マラルメにとって詩とは、現実の偶然性、狭隘さなどを完全に排除できる場なのだ。「イジチュール」では、われわれが虚空に到達することができないのは、われわれの思考がことばや時間の偶然から逃れることができないからだ、という思想を彼は展開する。

だから、ロラン・バルトが『作者の死』のなかで、「マラルメにとっては、われわれにとってと同様、語るのは言語活動であって作者ではない。書くということは、それに先立つ非人称を通じて、ただ言語活動だけが働きかけ、『遂行する』地点に達することである」(中略)《自我》ではなく、と主張したのには、充分な根拠がある。「マラルメの全詩学は、エクリチュールのために作者を抹殺することに尽きる」バルトは言い、またモーリス・ブランショも「マラルメにとって言語とは、主体をもたぬ意識であり、存在から切り離されることによって、それは超脱であり、否認であり、空虚を創造し、欠如のうちに己を位置づける無限の力なのである」と述べている。

マラルメの詩作が、ことばがもつこの根源的な創造力を蘇生させることで、かつて語られなかった「なにか」を語り、その顕現を目ざしているのだとするなら、マラルメの詩学は、ツェランからさほど遠くに立ってはいない。

では、ツェランとマラルメの分岐点はどこにあるのだろう？　なにゆえ彼はマラルメをあえて論難したのか？


ギリシャ神話によれば、メドゥーサに見つめられた者は、たちまち石となり固まってしまう。『子午線』のなかでツェランは、一瞥《いちべつ》をくれることで対象を石にしてしまうメドゥーサのまなざしを、芸術家のあり方を否定するものだとしてきびしく批判している。ツェランがマラルメの名を槍玉に上げるのは、まさにメドゥーサの視線を批判する箇所においてなのだ。ツェランにとって芸術は、固定するのとはむしろ反対に、「わたし」を自由に解き放ち、ときとして不気味な領域に押しだす営為だからである。

「詩はなんとしても語るものです。詩はみずからの日付を記憶しつづける、しかも語るのです。詩は、いつも自分自身の、ひたすら自分自身の事柄においてのみ語るのです。」

この信条表明を読めば、ツェランとマラルメの違いは明確だろう。――具体的な場所と時間に刻印された《出来事》からのみしか語りえないと考えるツェラン。彼にとって作者、あるいは作品のなかの「わたし」は主体なき法螺貝《ほらがい》であってはならず、具体的な時間と場所から切り離されるべきものではなかった。

「フリンカー書店主のアンケートに対する回答」(一九五八)のなかのツェランのことばを引用する。「現実は存在するのではありません。現実は求められ、獲得されねばならないのです。」晩年にいたっても、「詩はもはやみずから無理に現れ出るものではありません。詩はみずからを白日の下に晒すのです。La poésie ne s'impose plus, elle s'expose.」と主張している。このツェランの詩想にハイデガーのこだまを聞き取ることはむずかしくない。

『フマニスムスについて』(一九四九)の冒頭で、ハイデガーが「ことばは人間の住まいなのです」と述べたことはつとに知られている。動物が「環境 Umgebung」に生きているのとはちがい、ただ人間のみが「世界 Welt」に生きているといえるのは、人間がことばを操るからにほかならない。「ことばが人間の住まいなのです」と彼が主張する根拠は、ことばが本質を現実へと導くからである。「存在 Existenz は本質 Essenz に先立つのです。」この人間特有のあり方を、ハイデガーは彼特有の言いまわしで定式化する、Der Mensch ek-sistiert と。これは「現実はその度ごとに獲得されねばならないのです」というツェランの詩学と通いあう。

ハイデガーによると、「わたし」は世界の主体ではない。存在が開ける「間」であり「関係」なのだ。それゆえ存在を待ち受ける「脱自 Ekstase」が重視される。「今・ここ」に立ち顕れるものとしての「わたし」。「わたしが」立ち現れる「今・ここ」としての「現実」。「詩作――それは運命的に言語の一回かぎりのものなのです。Dichtung—das ist das schicksalhaft Einmalige der Sprache」一九六一年、別のアンケートへの回答でツェランはそう言い切る。アンケートは詩の翻訳可能性について問うたものだ。これは「翻訳で失われるもの」にとどまらず、ツェランの詩学を簡潔に表現した一言だ。「今ここ」の刹那の命の宿りを受け、一回性を生きる。それこそが運命／賜物 Schicksal、Geschick にほかならない。それゆえツェランが「運命 Geschick」「一回かぎり Einmal」というハイデガーばりの語彙をもち出すことに不思議はない。詩にとって重要なのは「生きられた時間」「生きられた現実」なのだから。

＊　しばしば引き合いに出される「ことばは人間の住まいなのです」というハイデガーの言明は、「ある民族の運命を闡明にするものこそ『ことば』にほかならない」というきわめて民族主義的な含意を背景にもっていることには注意が必要だ。

パウル・ツェランがチェルノヴィッツで一九二〇年この世に生をうけたころ、第一次世界大戦の戦火の余燼消えやらぬなか、ヨーロッパは疲憊《ひはい》していた。ハプスブルク帝国の辺境に位置しながら、とりわけユダヤ系文化の伝統につちかわれてきた文化都市だったチェルノヴィッツも、帝国の瓦解にともなって、ルーマニア領に編入され、ルーマニア化がはかられる（第二次世界大戦中はナチス・ドイツによって蹂躙され、ソ連軍の侵攻を受け、戦後はウクライナ領となる）。

戦渦は経済的な窮状を招いただけではない。精神的にもヨーロッパは危機に陥った。繁栄を謳歌してきたかにみえたヨーロッパ文化への根本的な懐疑、自信の喪失。悲惨な戦場から帰還した兵士たちは、みずからの体験を伝えることばを失っていた。しかし困窮していたのは銃後の暮らしを送っていた人たちも同じだった。開き直りから国粋主義を鼓吹する者も現れた。

そうした時代に登場してきたのが、カール・バルトらのいわゆる「危機神学」である。雑誌『時のあいだで Zwischen den Zeiten』につどったひとり、フリードリヒ・ゴーガルテンが伝える挿話を紹介しよう。ある日曜日の礼拝で説教をしていたゴーガルテンに向かって、男が「もう少しましなことを語れ。おまえの小難しい説教ではお腹は満たされない。いやはっきり言ってやる。魂も満たされない。」そう言い放ち、席を蹴って出ていったというのである。敗戦に打ちひしがれたドイツの民衆にたいして、大学で学んだ神学を説教壇から語ることに疑念をいだいたのは、ゴーガルテンひとりではなかっただろう。

神の似姿である人間の傲慢、神になったかのように思い上がった人間の振る舞いが未曾有の戦争による惨禍を招いたのだとすれば、人間の虚栄と慢心をするどく糾弾するバルトの神学がひとびとの心に届いたこともうなずける。

神と人間との関係を捉えなおし、それにともなって、信仰は教義の遵守ではなく、神との生きた関係を築くことにこそあるとする神学の運動に参加した者のなかには、カール・バルト（一八八六～一九六八）のほか、いま紹介したフリードリヒ・ゴーガルテン（一八八七

〜一九六七)、エミール・ブルンナー(一八八九〜一九六六)がいた。のちにナチスに追われアメリカに移るパウル・ティリヒ(一八八六〜一九六五)も同じ時期に活発な活動をおこなっていた。神は人間の研究や考察の対象ではなく、神について客観的に語ることもできない。このように考えるルドルフ・ブルトマン(一八八四〜一九七六)もその一人だ。ブルトマンが信仰について語った有名なたとえがある。友情とはなにか蘊蓄《うんちく》を語ることができる者が、かならずしも実際に友情に恵まれているとはかぎらない。現実に友情を結ぶことによって友情の何たるかを知り、また友人ができることで新しい見方ができるようになり、新しい人生を送るようになる。この「新しい人となって生きること」こそが信仰なのだ。

＊　＊　＊

ユダヤ系の思想家として知られるマルティン・ブーバー(一八七八〜一九六五)を一躍高名にした『我と汝』が出版されたのもまさにこの時代、一九二〇年代のドイツだった。『我と汝』でブーバーが主張していることは、神との生きた関係のなかへ入ることの重要性である。生きた宗教とは、客観的な事象ではなく、神に向かって「汝 Du」と呼びかけ、ともに生きることなのだ。かといって対話は主観的なものでもない。近代の人間は自分の理解能力の射程内で神を把握しようとしている。その挙げ句、自己を絶対化し、神を自分のなかから根拠づけようとしたり、みずからをあたかも無制約の神のように捉えたりしている——ブーバーはこのように人間が神を見失った時代を「神の蝕 Gottesfinsternis」と呼ぶ。正確には神の方が人間から姿を隠したと彼は考えるのだが——。

ブーバーにいわせれば、「汝」という絶対的な他者との対話の契機が失われているがゆえ、神は人間の自己中心的な投影物にすぎず、それゆえ信仰は「自己内対話」「独白」に堕している。生きた対話であるためには、神はあくまで「我」に語りかける「現在 Gegenwart」、「汝 Du」であって、人間が把握可能であったり、人間から働きかけうる対象、「もの Gegenstand」、「それ es」であったりしてはならないのである。

しかし日常の生活においては、「我−汝」、「我−それ」という二つの相はかならずしも判然と交替するわけではなく、二重性のうちに複雑にもつれあっていることもブーバーは承知している。「汝」の対話が成立したとき、「我」はその関係において、現存在としての意味がその度ごとに開示される。「あらゆる真に生きられる現実は出会いである」とされる所以《ゆえん》だ。

ブーバーの思惟は、神の超越性・絶対性、そして人間の隷属性・受動性に力点を置いている。その意味で、現実的人間は神の呼びかけに応答して出来事 Geschehen として生起すると考えるカール・バルトと親近性をもっている。

＊　＊　＊

エミール・ブルンナーも神が何を啓示するかに重きを置くわけではない。彼の『出会いとしての真理』（一九三八）によれば聖書は、教義についての内容紹介書ではない。それよりも「神がわたしにみずからを啓示すること Offenbarung」が重要なのだ。そのような経験では、「だれかが、なにかを」とか「主体‐客体」の境界はあいまいになる、とブルンナーはいう。「神に向かい合って立つとすれば、いかなる意味でも『なにか etwas』ではない、無条件な意味で純粋なる『汝 Du』に向かい合って立つことになる。その際には『思考する』こと、つまり自分で解明する必要はいっさいなく、神ただひとりが解明する者になる。この『向かい合っている Gegenüber』という状況のなかで、向かい合う『なにか』が変化する――つまり『なにか』にかわる『汝』に変化する――だけでなく、向かい合って立っているという関係性それ自体までも根本的な変化を被るのである（後略）。」

「わが主よ Herr」という信仰は、神がわたしの意のままになるということではなく、わたしが神の意のままになることを意味する。無条件の服従によって無制限の愛を受けるようになる。神に服従することによって、かえって人間は自由になるという逆説は目新しいものではなく、むしろパウロまでさかのぼるキリスト教の倫理の伝統的な考え方である。

＊　＊　＊

ブルトマンはマールブルク大学時代同僚となったマルティン・ハイデガー（一八八九〜一九七六）と親しく交わり、ハイデガーの哲学から大きな示唆を得た。

神が語りかけているのは人間一般、群衆の「だれか」ではなく、決断をなすべく呼び出されたほかならぬ「このわたし」である。自分が召されていることを自覚し、神に服従することによって、人間は自己自身から自由になり、罪から救われるのである。なぜなら人間が自己主張しようとすることこそが、自分を神にしてしまう不遜だからだ。

一九五四年に刊行されたブルトマンの『新約聖書神学』の第一章「終末論的告知」では、「人間が押し寄せてくる神の国に直面してできることといえば、準備をすること、あるいは待機することがすべてである。いまこそ『決断の時』であり、イエスの呼びかけとは『決断への呼びかけ Ruf』なのだ」と宣言される。

とはいえ、この浩瀚《こうかん》な書物の眼目は、時代遅れの決断主義を提唱することではない。救済の現在性と未来の関係をよりしっかり考察することが、決定的な問題となる。キリストの存在は、キリスト教独特の「あいだ Zwischen」という状況として、つまり「もはやない nicht mehr」と「いまだない noch nicht」とのあいだとして理解されるのだろうか。ごく一般的には、エクレシア ἐκκλησία（教会・キリスト教団）への召命をとおして、洗礼による現在における罪の赦しをとおして、未来における救済の可能性が贈られるということができよう。そして同じように、現在が命令法のうちにあるということは、命令法の成就が未来における救済を期待するための条件であることになる。しかし、重要なのは命令法の成就それじたいのうちに、すでに未来の命の現在性を看てとることができるか否かである。

終末論によれば、神の国は近づいている。そこでの救済を望むなら、神への服従が要求（命令）される。ここでブルトマンが展開している議論を要約するなら、現在の改心（悔い改め）と信仰、神への隷属が、来るべき（未来の）神の国での恵みを保証するものか、であろう。しかし、「なにかのために」という功利的な見返りを期待する服従は、命令への服従でしかないので望ましくない。服従はすべてをなげうつ無償の行為でなければならない。人間はみずからを神にさしだす。すると信仰をもつ者のうちに御霊 πνεῦμα が宿る。ひとたび御霊をうちに抱く人は、御霊に導かれているにもかかわらず、いや逆説的に、だからこそいまや自由に行動できる。

「もはやない」と「いまだない」とは、イエスの生きたかつての時代と来るべき神の国の時代の謂《いい》であろう。キリスト者はそのあいだの時代（時間 Zeit）を生きている。その時代における生き方、倫理を新約聖書は問うている。信仰とは、罪から救済され、時間から解放されることなのだろう。それによってひとは満ちきたる時間 καιρός を生き、未来にむかって開かれるのだ。ブルトマンが『新約聖書神学』の冒頭で、「決断への呼びかけ」と述べた所以《ゆえん》である。

＊　＊　＊

ずいぶん回り道をしてしまった。いまみたドイツの危機神学の問題意識を念頭に、ツェランの「讃歌」を読んでみたい。

讃歌

だれもわたしたちをふたたび土と粘土から捏《こ》ねあげてくれはしない。
だれもわたしたちの塵に祓《はら》いを吹きかけてくれはしない、
だれも。

讃えよう、だれでもないあなたを！
あなたのために、

わたしたちは花咲こう。
あなたに
逆らうことになっても。

わたしたちはひとつの無
だった。いまも、これからも
永遠にそうだろう、花咲きながら。
無の、
だれでもないものの薔薇として

あかるい魂の雄蕊とともに、
天の荒野の雌蕊、
紫のことばの
紅い花冠とともに。
棘の、ああ、棘のうえで
わたしたちが褒め讃えて歌ったことばの。

「讃歌」のなかの「讃えよう、だれでもないあなたを」という表明は、話者と切り離され、歴史上の出来事でしかなかった「過去」が、話者にとってもありありとした眼前の「現在」に変容する瞬間だ。

主語や述語を欠いた宙づりの文の第四連全体は、第三連の「だれでもないものの薔薇」を修飾している。そしてこの「だれでもないものの薔薇」は、「無」であるところの「わたしたち」を指す。waren wir、sind wir、werden wir bleiben、blühend（だった。いまも、これからも／永遠にそうだろう、花咲きながら）は、繋辞動詞 sein の過去形、現在形、未来形の併置で、かつ「blühend（花咲きながら）」は現在分詞だ。つまりこの詩「だれでもないものの薔薇」は、「もはやない」と「いまだない」の「間」の時間、過去から未来を横断する世界を表現しているといえる。だから、神からの救済の時空が「わたしたち」に顕現することを待望しているように読める。

神は人間にとって語りうる存在である必要はない。神は人間の願望の投影ではない。そもそも有限な人間に無限な神を感知するすべはない。それゆえ不可知な「汝」は「だれでもないもの」と呼びかけられなければならなかったのだ。

重要なのは「汝」とのあいだに、「我」が、詩が、そして現実が顕われることだ。神との対話的な関係を生きる、それがツェランの詩学だったと考えることはできまいか。

「詩は本質的に対話的なものです。」「詩は《他者》に赴こうとします。詩は他者を必要とするものなのです。ある相手 gegenüber を必要とします。詩はこの相手を訪ねあて、この相手に語りかけます。」ビューヒナー賞受賞講演「子午線」のなかでパウル・ツェランはこう語る。

すでに前年のブレーメン賞受賞講演でも、詩を「投壜通信」に喩え、「何を目ざすのでしょうか。開かれたもの、獲得可能なもの、『あなた』を求めて」と彼は語っていた。それゆえツェランの詩学が「対話の詩学」であることは、つとに指摘されてきた。ツェランが、「詩は出会いの神秘に置かれている」と述べたとしても驚くにあたらない。

「子午線」のなかでも、すでに彼は「詩は、みずからの『もはやない』から『まだある』のなかになおも存続するために、みずからを呼び戻し連れ戻すのです」と述べていた。

けれども、「だれでもないものの薔薇」をあらわしたころからツェランは精神に異常をきたす。そして一九七〇年四月、ミラボー橋の上からセーヌ川に身を投げ、命を絶つ。

いま一度ツェランと神の関係に眼を向けてみよう。両者の関係は、精神医学がいうところの「転移 Übertragung」を補助線に引くとわかりやすい。転移とは、患者がみずからの内なる欲望の対象を、みずからは自覚しないまま、本来のものから別のものへ、たとえば医師へと移してしまう現象である。しかし転移が可能になるのは、相手から自分が欲望されていると感じていることが前提になる。人間の基本的な欲望とは、人に知られたいという欲望、他者に認められたいという欲望だからだ。

ところがツェランが転移しようとした相手は、感情移入を許すことによって人間を包みこむどころか、逆にいっさいみずからへの同一化を許さない神、転移を許さない「厳しい父」のような存在として、彼に立ちはだかっていたのではないか。シェーンベルクの歌劇「モーゼとアーロン」の冒頭で語られる「わたしたちには語りえず、見ることもできず、認識することさえできぬ神」のごとく、同情 compassion も応答 responssable も不可能な神。もし神へ転移することが可能だったならば、みずからの欲望に対して肯定的にもなれただろう。ツェランにとって「他者」が、絶対的に人間から隔絶した他者（神）ではなく、転移しうる「あなた」だったなら、彼の詩もおのずとちがう時空を開きえたかもしれない。

神を讃える——ツェランとリルケ

神、主イエス、人間。ツェランの「闇」（一九五七）はこの三者の関係をうたった詩である。この詩のなかで、「神にして人間」という形姿の象徴としてイエス＝キリスト、さらに詩人が喚び出される。詩のタイトル「闇 Tenebrae」は、イエスが磔刑《たっけい》に処せられたとき、日蝕が起こり、地上は闇に閉ざされたという故事にちなむ。

闇

近くにいます　わたしたちは　主よ

近くにいて　摑むことができるほどです
摑まれています　もう　主よ、

たがいに爪を立てて摑まれています　まるで
わたしたち　一人ひとりの肉体が
あなたの肉体であるかのように　主よ

祈りなさい　主よ
祈りなさい　わたしたちに、
わたしたちは近くにいます

風に身を捩《よじ》り　わたしたちは行きました
わたしたちは行きました　窪地や　火口の水たまりに
身を屈めるために
家畜の水飲み場に行きました　主よ

血がありました　それは
あなたが流したものでした　主よ
それは輝いていました。

それはわたしたちの眼のなかに　あなたの像を投げ入れました　主よ
眼と口が大きく開いてうつろなままです　主よ
わたしたちは飲みました　主よ
その血とその血のなかにあった像を　主よ

祈りなさい　主よ
わたしたちは近くにいます。

ツェランのこの詩には、みずからを主イエスと重ねあわせる態度が看てとれる。それと同時に、神と相対しているのは「わたしたち」であり、救済を願ってわたしたちが主に祈るのではなく、主に対し「祈りなさい」と命令する。

この詩に描かれているのは強制収容所の光景であろう。わたしたちは磔刑に処せられたイエスさながら血を流している。「眼と口が大きく開いてうつろなまま」であるということは、虐殺された死者であるとも考えられる。

神が姿を隠している時代、「神の蝕 Gottesfinternis」には、詩人がイエスのように人間の罪を担う役割も果たすべきだとツェランが考えていた可能性もあるだろう。

「ツェランの詩学とドイツの危機神学」で取り上げた「讃歌」は、一読すれば分かるとおり、両義的であり、逆説的ですらある。第一連は、「讃歌 Psalm」と題されているにもかかわらず、神を難じているようにみえる。この世で起きている災い、とりわけユダヤ人ツェランにとって切実だった、ナチス・ドイツ統治下でおこなわれたショアー（ユダヤ人虐殺）を神が黙視したことへの怒りが背景にあろうことは推測できる。にもかかわらず、第二連では一転して、「讃えよう」と、文字どおり「讃歌」へと調子が変わるのである。恨み節は、褒め歌へと変じ、土と粘土の暗いモノトーンは、色彩鮮やかな明るい花の世界へと変容する。この唐突といってもよい転換をどう読めばいいのか。

それだけではない。つとに指摘されてきたように、ドイツ語の niemand という語はもともとは「だれも〜ない」という否定辞の代名詞である。「だれもわたしたちをふたたび土と粘土から捏ねあげてくれはしない」と訳した所以《ゆえん》である。しかしこの詩で「niemand」

は、「だれでもないもの」と、あたかも実在の存在であるかのようにも読めるのである。「だれでもないものがわたしたちをふたたび土と粘土から捏ねあげてくれる」といった具合だ。もしそう理解するなら、「だれでもないもの」という得体のしれない対象であれ、詩の最初から一貫して頼るべき「だれか」は存在していることになる。それならば、第一連と第二連のあいだの突然の転調、断絶は理解できる。

けれども、この解釈もやすやすとは採れない。第一連では小文字で登場してきたniemandという語が、第二連になって俄然Niemandと大文字の存在へと変わるからだ（ドイツ語では名詞は大文字で書きおこす。ただし代名詞はこのかぎりではない）。

小文字のniemand（「だれも〜ない」）から大文字のNiemand（「だれでもないもの」）へ。その変化《へんげ》はツェランの独創ではなく、たとえばカフカの「山への遠足」にも現れる（しかも最後には「だれでもないもの」は複数へと増殖する！）。

「だれでもないもの」とは何者なのか。不可視にして不可知な存在たる神なのか。はたまた「だれでもない」以上やはり虚像、幻影にすぎないのか。ならば、後半のはなやいだ調子を、読者はどう受け取ればいいのだろうか。絶対的な神を前にして、人間は無条件に神を讃えるしかないのか。いや、虚構の神にむかって詩人も演戯する振りをしているだけなのかもしれない、神への猜疑《さいぎ》から、あるいは神をもはや信じることができない絶望のうちに。
神の不義にたいして神を論難する態度。にもかかわらず、あるいはだからこそ神を讃えるという姿勢は、たとえば旧約聖書「詩篇」Psalm 第十三番にもみられる。

主よ、どれだけあなたはわたしをお忘れなのですか
どれだけあなたはわたしから御顔を隠されるのですか
どれだけわたしはわが魂のうちで苦悩し
日々こころのなかで不安におびえなくてはならないのですか
どれだけわが敵をのさばらせておくのですか

ご覧になってください　そしてわたしに耳を傾けてください　おおわが神よ
死のうちの眠りに陥ってしまわないよう
わたしに勝利したと敵が自慢しないよう
わたしが敗北したと悪魔が喜ばないよう
わが眼を照らしてください

けれども　わたしはあなたが憐れみ深い方であることを期待しています
あなたがよろこんで救済してくださることを　わたしは頼もしく思っています
あなたがわたしによくしてくださるので　わたしはあなたを讃えて歌います

ここでも、最終連で反転あるいは倒錯がみとめられる。

「讃歌」第四連の「紅い花冠」「棘」は、磔刑に処せられる救世主イエスを連想させる語彙だ。ひとびとを救済するためのイエスの受難（紫はイエスが着せられたマントの色）、つまり受苦と救済を同時に喚起する。初期の傑作「死のフーガ」の詩句「墨色の牛乳」に端的に示されているとおり、具体的なものと抽象的なものを属格によって接合したり、火と雪、重さと軽さといった対蹠的なものを併置したりするなど撞着語法Oxymoronを多用することで、ツェランは生と死者といった対極的な領域にひろがる絶対的な断絶、そしてその深淵に架橋する営為の困難と矛盾を表現してきた。

「讃歌」で苦難を背負っているのは詩「闇」と同様、イエスではなく「わたしたち」である。「詩篇」第十三番を引用して示唆したように、ツェランの「詩篇」では神による救済はいまだ訪れず、むしろ不当な暴力にさらされた「わたしたち」を放置する神を詰《なじ》る内容の作品だとも読める。神に抗議しながら、神を讃美する。しかも、この詩の神は、万物の創造主たる神ではもはやなく、わたしたちを捏ね上げることすらできない「だれでもないもの」でしかない。民族の抹殺を神はなぜ坐視したのか？　アウシュヴィッツのあと、神と人間とのあいだの「義」はそこなわれてしまったのではないか？　神が絶対的であるからこそ、人間は神を難詰しつつ、信仰をかため、神を讃美できる。もし神が完全でないとしたら、人間は安んじて信仰に身を委ねられない。

神を難じつつ、同時に神を讃える。この二律背反の姿勢を貫くのがアウシュヴィッツのあとの芸術家の使命だとツェランは悟っていたのではないだろうか。だとするならば、「讃歌」は詩人としての宣言だったのかもしれない。

＊

さらに、この詩の第三連に出てくる「だれでもない薔薇」に注目しておこう。すぐに連想されるのはリルケがみずからの墓碑銘のために書いたつぎの詩だ。「だれでもないものの眠り Niemandes Schlaf」という共通点以上に、「薔薇」の象徴的意味をツェランがリルケから継承している点が重要だ。

薔薇、おお純粋な矛盾

幾重もの目蓋の奥の　だれでもないものの眠りである歓び

「幾重もの目蓋」は、薔薇の花びらを喩えているのだろう。同じくリルケの「薔薇の水盤」にはこう書かれている。

そしてこれ――ひとひらが目蓋のように開いている下には
ただかずかずの目蓋が重なり、
それらが幾重にも眠りながら　あたかも
内部の視力を柔らげる必要があるかのように閉ざされていること。

この詩では、幾重もの目蓋の奥で、まなざしは完全に覚醒し、世界を見つめることの歓びがうたわれる。薔薇は、神のみに可能な無限の理解に、有限な人間が至るための芸術家（詩人）オルフォイスそしてリルケがそなえるまなざしの譬喩《ひゆ》だろう。（「記念碑を建てるな。ただ年ごとに／薔薇をかれのために花咲かせるがよい／なぜならそれがオルフォイスなのだから。」（「オルフォイスに寄せるソネット」第一巻第五篇））フーゴー・フリードリヒやベーダ・アレマンのリルケ解釈に倣えば、詩人は「開かれたもの」「純粋空間」を可能にする「永遠」「無限」「全体」の把握を志すのだ。

このようなリルケがオルフォイスに言寄《ことよ》せて造型した詩人像を、神と人間を往還する特性を理由に、ツェランがイエスにまで拡張した可能性はじゅうぶんに考えられる。

次に紹介するのはリルケの「秋の日」。

秋の日

主よ、時が来ました。夏はまこと偉大でした。
日時計にあなたの影を
野には風を解き放ちください。
最後の果実たちにすっかり熟すよう、お命じください。
せめて二日間　南国の日射しをお与えください、
果実を完全な実りへ　甘みの最後まで
ずっしりとした葡萄の実へ駆り立てられるように。

いま住まいをもたぬ者は、もはや住処を建てることはかないません。
いま孤独のうちにある者は、ながく孤独のうちに過ごし、
眠れぬままに書物を読み、終わりのない手紙を書き、
枯れ葉が逆巻き舞うころには
並木道を不安げに往ったり来たり　さまよう定めとなりましょう。

最初の二つの連での実りと収穫への平和な祈りが、第三連で突如転調し、急激に暗くなる。主を失った人間の不安と孤独。秋という季節の光と影、静謐《せいひつ》と不安、円熟と孤独が交錯する名作である。

この「秋の日」を受けて書かれた詩が、ツェランの「光冠」である。光冠とは、日蝕のときに太陽のまわりに現れる光環 Corona である。

光冠

わたしの手から秋が木の葉をむさぼり食べる。わたしたちは友だちだ。

わたしたちは胡桃から時間を取り出し、行くように教える。
時間が殻に戻ってくる

鏡のなかは日曜日
夢のなかで眠られ
口は予言する

わたしの目は恋人の性器へとくだる
わたしたちは昏《くら》いことを言う
わたしたちは罌粟《けし》と記憶のように愛しあう
わたしたちは貝殻のなかの葡萄酒のように眠る
月の赤い輝きに照らされた海のなかにいるように
わたしたちは窓のなかで抱き合ったまま立っている
彼らが通りからわたしたちを見る

人びとが知る！
石がようやく花開く時
不安が心を打つ時間
来たるべき時

その時。

この「その時 Es ist Zeit」が、リルケの「秋の日」の本歌取りになっている。ここでは恋人との官能的な時間が描かれながら、「石がようやく花開く時」といったように、愛の不可能性をうたっているようにもみえる。木の葉や手のひらの胡桃を貪り食う「秋」。ツェランの詩においても、光と影（夜）、静謐と不安、円熟と孤独が超現実主義のように複雑に交錯している。

イエスが磔刑に処せられたとき、日蝕によって世界が闇に閉ざされるなか、太陽のまわりに現れた輝きが光環にほかならない。それを考えあわせるなら、この「光冠」という詩からも、リルケの詩人＝オルフォイス像に加えて、人類にかわって世界苦を背負う救世主を、ツェランが詩人のイメージと重ねあわせようとしていた証左を読みとることができるだろう。

詩人オルフォイス——バッハマンとリルケ

秘密をささやく

オルフォイスさながら　わたしは
生の弦のうえで死を奏で
この世の美のなか　そして
天をつかさどるあなたの両眼の美しさについて
わたしは昏《くら》いことしか語れない。

でも忘れるな、あなたもまた
ある朝とつぜん、寝床が露に濡れ
あなたの心臓の撫子《なでしこ》がまだまどろんでいても
あなたが見ているのはかたわらを流れる
昏い大河

沈黙の弦は
血の浪のうえに張られている、
あなたの鳴り響く心臓を摑むのはわたし。

あなたの巻き毛は夜の影の毛へと
変貌し、
暗闇の黒い破片があなたの顔を引き裂くのだ。

そう、もうわたしはあなたのものではない。
わたしたち二人がいまや嘆いているのだ。

でもわたしにできるのは、オルフォイスさながら
死の弦のうえで生を奏でることだけ、
あなたの永遠に閉じた眼が
そうして蒼く輝く。

原題は「Dunkles zu sagen」。dunkel は、たんに「暗い」「闇の」という明暗についての形容にとどまらず、「曖昧な」そして「難解な」というニュアンスも含んでいる。それゆえ直訳するなら「昏い」という語がもっとも近い。しかし、この昏さ、曖昧さが、当事者のふたりだけのあいだで通じる符牒であることを考慮して、詩の題名は「秘密をささやく」と訳した。

人口に膾炙《かいしゃ》したオルフォイス（オルペウス）神話の内容を確認しておこう。音楽の才能にめぐまれたオルフォイスは、愛妻オイリュディケの死後、妻を探し求めて冥界にくだり、みずから奏でる竪琴の響きによって冥界の神の心を動かし、妻を黄泉の世界から連れ戻すことに成功する。しかし、現世に戻るまで妻を振り返って見てはならぬ、という禁をおかしたため、すんでのところでオイリュディケを喪ってしまう。

いうまでもなくオルフォイスは芸術家の象徴である。かれは人間でありながら、同時に音楽の才能によって神の領域にかぎりなく近い存在として描かれる。オルフォイスは至高の存在として讃えられる一方、失った妻を取り戻すことに失敗する人間でもあり、トラキアの娘に殺害される有限な存在でもある。オルフォイスは生の世界から死の世界に下ることで、生と死という両方の世界を体験した芸術家の譬喩ともなりうる。たとえばリルケの「オルフォイスに寄せるソネット」の造形をみれば、こうした二元論的な対立、破壊と創造、時間と永遠、有限性と無限性といった矛盾を同時に体現する形象として現れている。

神にはその力がある。しかし　教えてくれ
人間に狭い竪琴によって神に倣うことができるのか?
人の感覚はふたつに引き裂かれているのだ。アポロの神殿は
ふたつの心の道の交叉点には建ってはいない。

（「オルフォイスに寄せるソネット」第一巻第三篇）

詩神として、神の世界と人間の世界の境界を自由に行き交うことができる者としてのオルフォイス。リルケのオルフォイスについてさらに踏み込むなら、人間的行為をとおし、

人間的把握を超えた永遠的、無限なものを把握しようとするオルフォイスに言寄せて、「永遠」「無限」「全体」と人間の関係を考察しようとしたと考えられる。

さらに、リルケの詩集はオルフォイスを神格化することをとおして詩人が芸術の世界の自律性を回復し、救済する神話であると解釈する見方がある一方、オルフォイス（芸術家）は所詮神ではありえず、現実を救済する力など備わっていないことを自覚しながらリルケは「オルフォイスに寄せるソネット」の世界を創造したのだという説もある。おそらく、この二律背反した世界を同時に生きた芸術家、神とも見做しうるが、まぎれもなく人間でもあるという矛盾を体現しているところに、オルフォイス神話の魅力はあるようだ。そしてバッハマンのこの作品も、生と死の境を越えること、芸術の力をテーマにしている。

ところで、この詩のタイトル「Dunkles zu sagen」は、パウル・ツェランの詩「光冠Corona」の一節「昏いことを言う」からとられたとされる。それゆえ、この詩はツェランと関係づけて読まれることが多い。そしてツェランの「光冠」じたいがリルケの名作「秋の日」の「主よ、時が来ました」を引用しつつ書かれていることもつとに指摘されてきた。

ではバッハマンの独創性はどこにあるのか？

神話の図式に素直にしたがうなら、詩人にして恋人ツェランをオルフォイスに、オイリュディケをバッハマン自身になぞらえて読むことが自然にみえる。けれども、バッハマンの方をオルフォイスに見立て、ナチス時代を生き延びたユダヤ人ツェランを死の世界から生の世界へと連れ戻す役割をみずからに任じていた、と読むことも可能だ。

しかし、オルフォイス対オイリュディケという二項対立を放棄しているところが、この詩の独創性ではないだろうか。バッハマンは、死や暗闇、苦悩といった神話にある夜の世界をたんに顚倒させるだけにとどまらない。生（命 Leben）や愛の喪失を覚悟しつつ生きねばならぬというわたしたち人間の生のあり方を、バッハマンはたからかに謳う。

注目すべきは、第四連の「わたしたち」である。バッハマンは「わたしたち」ということで、愛の共同体を夢見ている。「わたしたち」という語りは、この世とは別の世界、昼と夜の逆転を実現させるユートピア的なまなざしだ。バッハマンにとって「太陽」、「光」、「愛」、さらに愛を光り輝かせる「夜」のイメージは、解放の場であり、肯定すべき詩のトポス（場）であった。

ギリシャ神話のなかで、死の世界から生の世界への道行きでは、愛し合う二人のまなざしはけっしてまじわることがない。神話のオルフォイスは黄泉の世界から現世へと急ぎ、前方を見つめるばかりである。当然、オイリュディケの姿に彼のまなざしが注がれることもない。しかし、バッハマンの詩は、光と闇、愛と死といった異なる相を同時に可能たらしめようとしている。この点でも、バッハマンの詩は伝統的なオルフォイス神話を踏み越えている。

しかし、強制収容所から帰還をはたしたものの、戦後も根強い反ユダヤ主義を肌で感じていたツェランにとって、闇はどこまでも闇であり、闇が光へと転換するユートピアなど存在しようもなかった。バッハマンは愛には夜を照らし出す力があることを信じる一方、闇の世界にかたく舫《もや》い綱をまきつけられたツェランは「昼」「生」への移送をかたくなに拒むのだ。愛を謳ったはずの詩「光冠」の「石がようやく花開く時」という一節が、すでに愛の不可能性を予知するものだったのかもしれない。

また、バッハマンのこの詩のなかには、「過去への執着・残留」と「未来への投企」という二重の時間のベクトルを読みとることができる。黄泉の国からの脱出の道行きは、過去から未来への越境である。この通過儀礼はギリシャ神話の世界のものだ。一方、キリスト教の聖書の世界では、一度地獄へ堕ちたものがふたたび生者の世界によみがえることは許されない。死者のまなざしはメドゥーサさながら生けるものを殺してしまう。それゆえオルフォイスはオイリュディケの方をけっして振り向かない。この詩に織り込まれた二つの時間の相も、強制収容所からの帰還者ツェランとバッハマンの錯綜した思いとまちがいなく関連している。

恋人どうしであり、ともに詩人であった「ツェラン」と「バッハマン」を、「わたし」と、呼びかけられる「あなた」のどちらかにそれぞれに代入して読むと、この詩は読み解きやすくなるだろう。けれども虚構の「わたし」という視点を梃《てこ》の支点にしかもたぬ「あなた」も畢竟《ひっきょう》「わたし」に喚び出されて顕われる想像の産物にすぎない。したがって「わたし」と「あなた」を作中の登場人物と同等の「人格」とはいえまい。

作品のなかで架空の「わたし」に自由に心情を開陳させることで自由に世界を構築してみせることが、「叙情的自我」の作法である。だがこの「わたし」なり、「わたしは」と主体的に語りうる「自我」そのものも、また西欧近代の想像の産物にすぎない。いや「わたしは」と語る個人を前提とすることで文学（すくなくとも西欧の近代文学）が成り立ったとするならば、それは壮大な幻想のうえに建った砂上の楼閣にすぎない。

詩の第一連では「生の弦のうえで死を奏で」ていた「わたし」が、最終連では「死の弦のうえで生を奏でる」「わたし」へと逆転している。オルフォイスとオイリュディケのどちらかを「わたし」の側、「あなた」の側の人格として仮定する必然性は失われる。なぜなら生の弦のうえで死を奏でるのはオイリュディケで、死の弦のうえで生を奏でるのはオルフォイスのメタファーと推測できるからで、一人の「わたし」ではありえないからだ。

詩行が進むなかで、いつのまにか「わたし」が「あなた」にすり替わっているのだ。「そう、もうわたしはあなたのものではない。わたしたち二人がいまや嘆いているのだ」という詩の転換点に「わたしたち wir」が出現していることに、もう一度留意しよう。ここで「わたし」と「あなた」の区別がいったん解消され、「わたしたち」として溶けあわされているからだ。

この「弦のうえで奏でる」という一節は、リルケの「愛の歌」を思い出させる。

愛の歌

どうしたら心を保ちつづけられるだろう、あなたの
心に触れあわないようにするためには？　わたしの心を
あなたを越え、もっと高みへ引き上げるためには？
それよりむしろ、どこか静かなところで
暗闇に失せたものへと投げ捨ててしまいたい、
あなたの深みが揺れないなら、もう共振もしないどこかで

でも、わたしたち、あなたとわたしを、
まるで二つの弦から一つの音を奏でる弓を弾くように
すべてがともに響いてしまう。

わたしたちは一体どんな楽器のうえに張られた弦だというのか？
そしてわたしたちを手にした音楽家はだれ？
ああ、なんて甘美な歌!!

この詩をもち出したのには、訳《わけ》がある。まず、リルケとバッハマンの詩は、「闇 dunkel」「弦 Saite」といった語彙、「わたし」と「あなた」の対話という形式をとっている点で共通している。さらに、「わたし」と「あなた」が奏でる音楽が譬喩として用いられている点も両者とも同じだ。オルフォイスの神話に鑑みれば、リルケとバッハマンの詩の主題が通底していると主張しても、牽強付会ではないだろう。そして最後に、「あなた」を奏でる別人が存在すること、つまり「わたし」は主体ではない点が二つの詩を結びつける重要な共通の視点だ。

「楽器に張られた弦」だという語り手の「わたし」は、音楽家に奏でられる「音楽」だということになる。弦がヴァイオリンの弦なのか、オルフォイスが弾いていた竪琴の弦なのかは、もはや些末な問題でしかない。リルケの詩によるならば、芸術において、芸術家が詩を詠むのではない。むしろ反対に芸術家が一つの楽器として芸術によって奏でられるのだ。「詩人」はあくまで受け身の存在でしかない。

いま「秘密をささやく」に「愛の歌」という補助線を引いてふたたび解読するならば、「わたし」も「あなた」も楽器に張られた弦として、だれかに奏でられて鳴り響いている音楽である。そして奏者がだれなのかはわからぬまま、ただ音楽であることしか叶わぬ受け身の存在だ。「芸術」であろうと「愛」であろうと、それは甘美な体験だ。「わたし」を芸術もしくは愛に奪われる。奪われてこそはじめて音楽を奏でることができる。「わたし」という主体性の放棄によって獲得できた境地。それが逆説的にみえるようでも芸術家の謂《いい》ではないか。そう考えるなら「秘密をささやく」は、ツェランの詩への応答であり、バッハマン自身の詩学を開陳した「詩についての詩」であるといえよう。

ユートピアとしての「わたし」——バッハマン

バッハマンは若いころから、語り手の「わたし」のたしからしさに疑念を抱いていた。自我に対する不信感を形式的に内包しながら、彼女は生涯詩作をつづけた。けれども初期のバッハマンの詩には、自我への不安をとりあげることはあっても、反抗の契機、ユートピアを希求する視線はまだ認められない。

第一詩集『猶予期間』（一九五三）の巻頭に置かれた「出航」のように、出発のモチーフも彼女の作品によく見られる。出発が宣言されても、目的地が定まらない、当てのない出航。当然、出航にともなう昂揚感よりも、むしろ不安が作品の基調をなしている。故郷喪失、寄る辺なさはバッハマンが生涯とりくむテーマだ。ふるさと、終《つい》の住処がはたして実在するのかという問いが、ユートピア願望と表裏をなしていることは言うを俟《ま》たない。

短篇「三十歳をむかえて」は、文字どおり三十歳の誕生日をむかえる「わたし」がこれまでの自己の生活をふり返り、そこに確固たるものが欠落していることにたじろぎ、仕事をはじめすべてを投げ捨てて旅に出る物語だ。

だれかが三十年目の一日をむかえたら、その者は人からもう「若い」とはいわれないだろう。自分自身にはなんら変わったことを感じていなくても、若いと思っていたものがもはや自分にはなくなってしまっているのではないかと不安に陥る。そしてある朝彼は目を覚ます。その日のことを後になっても彼は忘れられないだろう。なんの昂揚感もなく、硬い光線を浴び、すべての武装を解除して、すべての戦意も喪失して、あらたな日々に向けそこにすっくと立つことになる。

主人公（固有名は与えられていない）は、目的地はわからぬまま旅に出る。そして実際、目的地がなにか（どこか）を知ることなく物語は終わる。物語とは、本来結末＝目的 fin から、始点＝起源 origin が定められることで、はじめて「意味」が発生する。因果がはっきりしないバッハマンの文学は、「語ること」そのものが目的でありテーマであるかのようだ。

原文の主語「だれか einer」は、不定代名詞「ある一人の人物」であると同時に「だれでも代入しうる」不定で匿名の存在としての主人公の性格を浮かびあがらせる——それこそが人間存在すべての特性だといわんばかりに。

「わたし」に対する不安から、ユートピアへのまなざしを獲得した後期バッハマンの傑作に「海辺のボヘミア Böhemen liegt am See」（一九六四）がある。

海辺のボヘミア

もしこの地の家々が緑なら　わたしは家のなかへまだ入れるだろう
もしここで橋が無傷なら　わたしはしっかりとした地面の上を歩めるだろう
もし恋の骨折りが永遠になくなるのであれば　わたしはここで喜んで失うだろう

もしわたしがだれかある人でなくても　それはわたしのようなわたしなので

もしここで一つのことばがわたしに接してくるなら　わたしは接してくるにまかせよう
もしボヘミアがまだ海辺にあるのなら　わたしはまだ海を信じよう
そして　もし海を信じることができるなら　わたしは陸への希望もまたもてる

もしわたしがそうならば　誰もがわたしと同じということだ
わたしは自分にもはやなにも望まない　底へ破滅することがわたしのつとめ

底へ——つまり海へ　そこでわたしはふたたびボヘミアに出会う
底へと向かいながら　わたしは落ちついて目を醒ます
いまや底からわたしは知る　わたしは失われていないのだと

みんなおいで！　ボヘミアンたちよ　船乗り　港の娼婦たちよ　錨を
あげた船たちよ！　イリリア人　ヴェローナ人たちよ　ヴェネツィア人たちよ
みんなボヘミアンになろうではないか！　ともに笑いを呼ぶ芝居
ともに涙を呼ぶ芝居を演じようではないか！　たとえどんなに

まちがうことがあろうとも　わたしもまちがいばかり　総稽古もままならず
それでも何度も本番の舞台を切り抜けてきた

ボヘミアもまた試練を乗り越え　ついにある晴れた日
海に恵まれ　そうして海辺にあるのだ

わたしはなお一つのことばに接岸する　別の土地に
わずかずつであっても　すべてのものに接岸し

ボヘミアン　吟遊詩人　何ももたず無でしかなくとも
異論があろうと　海からであろうと　わたしが選んだ陸を
見つめることは許されている

この詩は前半がアレクサンドランで書かれている。十二脚で、半分で折り返す。仮定法の問いかけにたいし「わたし」が応答する構図だ。

そして十三行め「みんなおいで」から、俄然調子が転じる。自由韻になり、行跨《また》ぎ

enjambment が頻出する。ときには連を跨いだ文まで出現して、大きくダイナミックな運動がわき起こるのだ。

最後に、完全ではないにせよアレクサンドランに戻り、自由な脚韻のうちに詩は閉じられる。

語彙のレベルでみてみると、この詩には Grenz（境界）、Grund（根拠、底）というバッハマンにおなじみの語彙が現れる（ヴィトゲンシュタインとハイデガーを象徴する語でもある）。Grund は十行めで Zugrund（底へ）に転換する。五行め「Grenzt an mich」は「ことばがわたしの故郷（Haus）だ」といったニュアンスだろうか。けれども、すべてが仮定法で書かれている以上、この故郷はけっして安住の地とはならないだろう。

この詩では、語り手とことば、主観と客観の分離が止揚される。その狙いは、主観を一定に固定せず、ことばや思考に開かれた場であろうとすることにあるのだろう。しかし、このような理想的な「わたし」のあり方は、詩のなかでは可能であっても、現実には実在しえない。しかも詩のなかでさえ、仮定法で語られなければならないのだ。

社会の狂気そのものを描くのではなく、そこに生きる惑乱する「わたし」を描くのがバッハマンの文学だという研究者がいる。「わたし」という語りを攪乱させることによって見えてくる世界の狂気や暴力性を描こうとしているというのだ。その解釈も説得力がある。

ところで、この詩のタイトル「海辺のボヘミア」は、シェイクスピアの「冬物語」からとられている。「冬物語」では時間も空間も歪んでおり、筋立てもリアリズムの観点からは荒唐無稽というよりない（現実世界のボヘミアは海と接していない）。バッハマンが「冬物語」に関心をもった理由は、まさにこの時空間軸の混乱にほかなるまい。イリリア、ヴェローナ、ヴェネツィアは、いずれもシェイクスピアの喜劇の舞台となった地名だ。「恋の骨折り損」「十二夜」などこれらの喜劇は、取り違えや入れ替わりが悲喜劇の発端になっている。単独の存在であるはずの「わたし」が複数の存在になるのだ。それゆえ、バッハマンが目ざしたのは、「わたし」、「ことば」、「ユートピア」を無境界化すること、脱領域化することだったといえないだろうか。

「故郷喪失」と「出発」という観点からみるなら、ボヘミアンが追放者であることから、この詩は一種の内的亡命を描いているとも解釈できる。「わたしは」とみずからを語ること自体は「わたし」のリアリティの保証にならない。初期のバッハマンのように「わたし」を「出発」ではなく、招きいれる容器として捉えることで、バッハマンの「わたし」は希望を持ちうる者として、おおきく変容している。一瞬生起しては消えていく音楽のごとき「わたし」の受動性こそ、「芸術作品」という虚構の場topos、すなわち束の間のユートピア U-topia を成立させるのだ。

語り手の「わたし」の消失――バッハマンとベケット

インゲボルク・バッハマンは一九五九年から六十年にかけて、フランクフルト大学に招かれて講義を行った。今日残された五篇の講義録のうち、第三講義「保証なき『わたし』」、第四講義「名との付き合い」が小説に対する省察である。

第三講義では、語り手の「わたし」にメスが入れられる。「文学における一人称の位置、語り手の『わたし』が架空の人物である場合、作者自身が『わたし』である場合、一人称の『わたし』を隠れ蓑に利用する場合など、一人の人物が一人称を用いて物語るとき生じてくる問題について検討してみましょう」。こう切り出したバッハマンは、ただちに本題に入る。

「わたしはあなたにお話しします」こうわたしが一人ひとりの相手に言うときには、この「わたし」が誰を指しているか、この「わたし」の文章が意味している語り手が何者なのかは、かなりはっきりしています。しかしひとたびあなたが一人壇上に上がり、会場の大勢の人を前に「わたしはあなたにお話しします」と発話したとき、すでにこの「わたし」は変質しているのです。というのもこの「わたし」はすでに語り手からすべり落ち、形式的、修辞的な表現になっているからです。「わたし」という言葉を発した話し手自身と、「わたし」との間にすでにズレが生じています。（中略）ちょうどここにいらっしゃる数百人のみなさんのように個々人としてではなく一つの群衆として「わたしは」を受け取るとき、この「わたし」はみなさんにとってもう天と地との差ほど離れた存在です。そして天と地の差は十メートルあれば充分なのです。そしてこの差があれば語り手は肉体をそなえた具体的な存在であることをやめてしまいます。たとえばマイクを介した放送によって話し手が語るときもそうです。こうなるとあなたのもとに届くのは、裏付けのない「わたし」がスピーカーごしに、紙きれごしに、本あるいは舞台ごしに語るセンテンスにすぎないことになるのです。

このように「わたし」の具体性の消滅についてバッハマンは考察をめぐらせていく。実在の政治家チャーチルやド・ゴールの回想録ならば、「わたし」と作者が一致している。しかし「わたし」なる人物を捏造することを断念したセリーヌの『夜の果てへの旅』やヘンリー・ミラーの『プレクサス』の場合はどうか。「ミラーやセリーヌの小説の一人称が成り立っているのは、彼らの『わたし』が高められたかたちでカオスを再現しうる言葉をもっていて、語りに語り、ついに人生そのものが言葉のなかに解消してしまうまでしゃべりまくるからです。」トルストイの「クロイツァー・ソナタ」やドストイェフスキイの『死の家の記録』では、編集者が登場し、話への導入をする。これは主人公の「わたし」と作者自身を同一視されることへの防御措置でもある。「わたし」を隠れ蓑に使うケースである。

バッハマンは「クロイツァー・ソナタ」を「近代の一人称小説の古典的模範となった作品」と呼ぶ。「詩や小説は（日記や書簡とくらべて〔引用者による補足〕）もっと別な選択肢をもっており、さまざまな一人称の可能性、わたし語りの問題を利用しています。両者のジャンルでは、一人称の『わたし』を破壊したり、廃位したり、まったく別の概念を作り出そうともくろんでいます。『われ語る、ゆえにわれ在り』という命題なしに存在しない小説の『わたし』や詩の『わたし』などありはしないといっていいくらいです。この命題は、一人称以外で書かれたテクストにしばしば投げかけられる疑問、すなわち『作中のなかで語っているのはいったい何者なのか?』という疑問を解決してくれます。『登場人物のあれこれについて知っているのはだれか、彼らを操っているのはだれなのか、だれに彼らを行ったり来たりさせる権利があるのか、だれが語り手にそいつを選んだのか』などといった疑問です。」ドストイェフスキイの『死の家の記録』と同じように、作者と語り手の距離をわざとらしくおくことで、「語り手」の恣意性について考察するよう、読者にシグナルを送る作品としてバッハマンはトルストイの「クロイツァー・ソナタ」の重要性を説く。トルストイの手のこんだ語り口については、J・M・クッツェーもつぎのように述べている。「明白に不十分な自己分析を具現化する告白が、その分析を問題視する気配を示さない語り手によって媒介され、そしてその分析は小説の外側で書いている作者によって再び肯定されている。」(田尻芳樹訳)あからさまかつ重層的に虚構の「わたし」の視点を前景に押しだすことで、テクスト全体をいわゆる《中立的で透明な語り手による三人称の物語》として読むことを不可能にしている。しかし語り手の「わたし」の虚構性のグラデーションと、「わたし」の重層性がテクストに与える演劇的意義についてはここでは立ち入らず、「わたし」の内実についての議論を先に進める。

ジョイスによって高く評価されたイタロ・スヴェーヴォの長篇『ゼーノの煩悶』の「根

本的な問題は、『わたしとは誰か』です」。この小説の「わたし」の場合、すでに「我（わたし）」自体が胡散臭《うさんくさ》いものとなっているのだ。ハンス・ヘニー＝ヤーンの『岸辺のない河』においても「自我とはけっして堅い存在ではなく、一個の謎」である。「なぜなら自我はたえず変化し、かつての自分を再現することは不可能な存在だから。自我とは流動的で、波立つ海のなかで移ろいやすく、たえずみずからを更新するものなので、ほとんど攻略不能のように思えます。本性が安定しているからこそ責任が取れ、また裁かれうるのですが、ヤーンの場合この本性の安定性を見出すことができないのです。」そこには自己自身の探求という希望すらない、とバッハマンは言う。

『失われた時を求めて』の語り手の「わたし」に、物語の牽引役を期待できない。「わたし」が語り手なのは、彼の「思い出す」という唯一の素質ゆえであって他のなにものでもない。プルーストの「わたし」は楽器としての自己自身であっても「謎」ではない。冷静に行動し、みずからの認識能力を信頼しているからである。証言の真偽について審問されることもない。この点で、ヤーンや次に検討するベケットの「わたし」とは大きく異なる。後者においては、「もはや一定の人格像を維持できないことが『わたし』を苦しめる」からだ。ベケットの『名づけえぬもの』の「わたし」は、「マフード」という固有名を与えられてはいるが、本人にとってもそれにはほとんど意味がない。彼は語りつづけるかぎりにおいて存在する。バッハマンが講義のなかで引用している、『名づけえぬもの』のラストシーンを引用しておこう。(この小説は全篇がこのような呟《つぶや》きで覆われている。)

……だから続けよう、言葉を言わなくっちゃいけない、言葉があるかぎりは言わなくっちゃいけない、やつらが俺を見つけるまで、やつらが俺のことを言いだすまで、不思議な刑罰だな、不思議な過ちだな、続けなくちゃいけない、ひょっとするともう済んだのかな、ひょっとしてやつらはもう俺のことを言っちゃったのかな、ひょっとしてやつらは俺を俺の物語の入り口まで運んでくれたのかな、扉の前まで、扉を開ければ俺の物語、だとしたら驚きだな、もし扉が開いたら、そうしたらそれは俺なんだ、沈黙が来るんだ、その場ですぐに、わからん、絶対にわかるはずがあるもんか、沈黙のなかにいてはわからないよ、続けなくちゃいけない、続けられない。続けよう。(安藤元雄訳)

つづく第四講義「名との付き合い」は、登場人物の名前、すなわち固有名詞に対する考察だ。「名や名に対するわたしたちの愛着が照らし出すものほど神秘的なものはありませんし、作品を知らなくても、ルルやウンディーネ、エマ・ボヴァリーやアンナ・カレーニナ、ドン・キホーテやラスティニャック、緑のハインリヒやハンス・カストロプの輝かしい存在感を弱めるものではありません。名について人と話をしていても独りで物思いに耽《ふけ》っていても、そもそもどうしてそのような名がこの世に存在するかなど問うてみたりはしないほど、名に対する接し方は自明のもので強力なのです。（後略）」こう語り起こし、かつては堅牢で自明とされていた固有名詞の威力が衰弱してきた過程をバッハマンは活写する。

わたしたちはカフカの模倣者たちを不当に扱うべきではありません。というのも彼らのうちの何人かは、自覚的にか無自覚のうちにかは別にして、何かを名づけたり、名を与えることはそんなにたやすい話ではないこと、ナイーヴに名を与えることへの信頼が揺らいでいること、そこにこそ現実的な困難があり、ナイーヴに名づけつづけている作家たちは、わたしたちにある一つの名をゆだね、認識記号以上の名前、わたしたちが受け入れ、文句なしに認識でき、くりかえし何度も付き合っていけるような名をもった人物を造形していないことを、よく理解しています。

このようにカフカの『城』を振り出しに、トーマス・マン、ジョイス、フォークナー、プルーストの場合についてバッハマンは分析していく。トーマス・マンはゼレーヌス・

ツァイトブロームやホップフル夫人といったあざとい命名、トニオ・クレーガーのごときラテン系とゲルマン系をいかにも結びつけようとする意図が見え透いた命名によって、結果として信頼にみちた命名へのアイロニカルなまなざしを喚び起こしたという。ジョイスの『ユリシーズ』は、意味や音の連想から、主人公レオポルド・ブルームの名前を戯れにつぎつぎと移し替えることで（エルポルドボモール、モルドペルーブなど）、オデュッセウスの名の普遍性を解体する。フォークナーの『響きと怒り』は、同じ名前の登場人物（クエンティン、ジェイソンたち。彼らは同じ一族につらなるが、生きた世代や性別も異なる）を複数登場させることで、読者が名前によって登場人物を認識する作業をわざと攪乱してみせる。

このように、もはや名前は確固たる登場人物の造形に寄与できない。書き手の側からすれば、名前によって人物を具体化すること、読者のイメージのなかで特定の人物／性格characterに収斂されることを回避するのだ。バッハマンの見立てによれば、「名前」について暗黙のうちに作者と読者のあいだに結ばれていた共犯関係を破棄することで、登場人物の首尾一貫性、同一性を破壊してきたのが二十世紀の小説なのである。それゆえ彼女はプルーストについてこう語る。

『失われた時を求めて』ほど、名を手にすること、名の機能、堅牢さと融通さについて示唆を与えた書はありません。プルーストの登場人物のそれぞれの名の変遷の軌跡を追ってみれば、名が放つ光の力に必要な根拠、名が死産する根拠があきらかにされるでしょう。プルーストは名について語りうることはすべて語ってしまいました。そして彼は二つの面に向かいました。名を戴冠し、名を魔法の輝きへと沈め、そして破壊し、輪郭をぼやかしました。あるいは名を意味で満たし、積みこめるだけ積みこみ、それと同時に名の空っぽさを示して、空のケースとして投げ捨て、不当な所有権だと非難したのです。

このようにバッハマンの小説論を辿ってくれば、作家としての彼女の問題意識がベケット文学のモチーフと近似していることはあきらかだろう。つぎに引用するのは『名づけえぬもの』に先立つ『ワット』からの一節である。

そしてワットが自分を見出している状況たるや、彼がかつて自分を見出していた状況（中略）のどれともちがって、言葉によって定式化されることを拒もうとするものであった。たとえば溲瓶《しびん》ないし鍋ないし壺、まあ溲瓶としておこう、ノット氏の溲瓶を見たとする、またはノット氏の溲瓶を思い浮かべようとする、しかしいくらワットが、溲瓶溲瓶、と言ってもむだであった。まあ、まったくむだではないにしても、ほとんどがむだであった。つまりそれは漫瓶ではないのである、見れば見るほど、考えれば考えるほど、彼には確かな気がした、それはまったく漫瓶ではない、と。（中略）そして真の漫瓶の本質からこのように髪の毛一本ほどだけ隔たっているということが、ワットを限りなく苦しめるのであった。（高橋康也訳）

漫瓶をめぐるワットの煩悶はこのあともつづくが、煩悶の原因は「漫瓶」という言葉が事物の存在を回復させてくれる力をもはやもってはいないからである。言葉が存在を裏打ちし、存在が言葉を裏打ちする幸福な時代はすでに過ぎた。言葉の崩壊は、言葉の「向こう」にある観念の世界、形而上学の世界の消滅による。

「一つの人格が肉体的にも精神的にも崩壊していくのは、認識の主体としての『人格』という仮説そのものである。（中略）ベケットにあっては、語り手は語れば語るほど、物語の内容においても疎外され、立場を失っていく」とは、ベケットの『モロイ』の翻訳者・安藤元雄の的確な指摘である。ベケットにおいては「言葉は表象の手段であることをやめて、呟きへ、そして呟きから沈黙へと向かう」。同時に、言葉の解体は語る「わたし」の解体をも惹き起こす。「漫瓶」同様、「わたし」も実態（身体性）を失うからだけではない。「わたし」という代名詞は、言語上なんの保証もなく、「わたしは」という発話も何ら「わたし」の存在を根拠づけるものではない。ベケットの小説において、一人称の語りは「わたし」にいかなる支点や中心も与えてくれない。ただ独白を続けることだけが「わたし」の存在をかろうじて繋ぎとめているだけだ。

しかしベケットの人物は結局、つぶやきから沈黙へと転落していかざるをえない。『名づけえぬもの』では、語りつづけることによってしか語り手の存在感は保証されず、それさえ風前のともしびであった。このような袋小路に対して作家バッハマンはどのような脱出路を用意したのだろうか?

語り手の「わたし」をめぐる問題意識をもっとも尖鋭なかたちで主題化したのが短篇集『三十歳をむかえて』の掉尾を飾る「ウンディーネ去る」である。

「あなたたち人間、けだものたちよ!／ハンスという名のけだものたち! その名をわたしは忘れることができない。」

……このような「わたし」の呪詛によって開始される「ウンディーネ去る」は、「わたし」の解体の問題と一人称小説が入りこんだ隘路を逆手にとって語り手の「わたし」の回復を目ざした作品として、短いながらもバッハマン文学の核心を解き明かす鍵とも呼びうる重要性をもっている。

「ウンディーネ」という固有名詞は、タイトルにのみ現れるだけで、作中では一貫して匿名の「わたし」の語りで通されている。なるほど作品の随所に、水の世界の描写や、「魂」といった従来のウンディーネ小説の基本的な構図を踏襲してはいる。それゆえ、ある程度の文学史の素養をもつ者なら、これが水の精の伝承を現代風に読みかえた作品であることに気づくだろう。しかし、この小説はあくまで匿名の「わたし」の語りであることに留意したい。

名づけの問題や、語り手の「わたし」の問題については、ベケットを引き合いに出しながらいま論じたとおりだ。名づけは登場人物の像の具体化に役に立たないどころか、その虚構性を際立たせてしまう。また「わたしは」という語りが、何らわたしという人物の裏付けを与えるものではない。むしろ「わたし」から自我は滑り落ち、自我なるものの解体を予感させる。「ウンディーネ去る」において、語り手の「わたし」の肉体性は消去されている。男たちに愛されている間だけ、そして呪詛のことばを投げかける間だけ、ウンディーネは存在する／できる脆弱な人物だ。事実、小説の末尾でウンディーネはこの世界を後にして去っていくのである。

わたしが現れ、風のそよぎがわたしの到来を告げると、あなたたちはとび起き、ときが近づいているのを知った、恥辱、追放、堕落、理解不能が。終末への呼び声。そう、すっかり終わりにしてしまう。あなたたちけだものよ、あなたたちはわたしの呼びかけがなにを意味しているかを理解したうえで、みずからに呼びかけさせ、でも自分自身で納得していなかった。だからこそわたしはあなたたちを愛した。わたしがこれまで同意したことがあったかしら？　あなたたちが独りぼっちで、役に立つことはなにひとつ考えることもできないとき、灯りが部屋を管理し、森に空閑地が開け、空間が湿り煙るとき、あなたたちが、永遠にというほどすっかり途方にくれてそこに立ち、分別を失くすとき、その時こそわたしのための時間だった。「よく考えて生きなさい、それを言葉にして言ってしまいなさい！」挑発するまなざしでわたしは足を踏み入れたのだ。あなたたちは第三者のだれからも理解してもらえると分かっていたつもりだったが、わたしはあなたたちをついぞ理解できなかった。わたしは言った。「あなたが分からない、分からない、理解することなぞできやしない！」あなたたちが理解もされず、なにゆえあれやこれがそうであるのか、なにゆえ国境や政治や新聞や銀行や株式市場や貿易があって、ずっと続くのか、自分でも訳が分からなくなっているすばらしい偉大な時間が保たれたのだ。

ベケットとバッハマンとの違いはどこにあるのか？　ベケットの小説において聴き手は存在しない。あるいは読者を聴き手と考えることができるかもしれないが、ベケットの主人公たちは聴き手の存在すらもはや意識せず、そして自分自身さえもほとんど自覚せず、言語危機にさらされながらただ呟いている。それに対してバッハマンの小説の語り手には「ハンス」というかたちで聴き手が用意されている。——「わたし」の語りは、たんなるモノローグに終わることはない。他者の承認により、はじめて「わたし」の存在は保証されるから。

「ウンディーネ去る」は、一人称の語り手である「わたし」からハンスに向けた「呼びかけ」という語りの構造をもっている。この短篇では、男たちのありふれた家庭生活の風景が描かれている。新聞を読み、領収書を調べ、ラジオの音量を調節する。そして銀行や証券会社、政治の場で日々働く。「ハンス」と名指される彼らは、日常に心充たされることなく、愛による別の生を求め、夜更けにベッドから抜け出し、街路へと出、異界の女ウンディーネからの呼び声を求めてさまよう。しかしウンディーネ、すなわち語り手の「わたし」が「主」の立場に立つことはけっしてない。あくまで「従」の立場であり、聴く者ハンスが存在して、はじめて「わたし」は存在しうる。ウンディーネは、人間の世界に住む者が夢みる存在である。彼女の呼びかけが届かなくなれば彼女の居場所は奪われ、消え去るしかなくなる。ハンスの裏切りによって「わたし」はいともやすやすと沈黙の世界へと追い返される。小説の末尾、水のなかに姿を消したウンディーネの「おいで」という誘い声に対して呼応する「ハンス」がふたたび現れるかは不明である。

同時に「ウンディーネ去る」の語り手である匿名の「わたし」——名前が示されることはついにない——は、語りつづけることによって、ウンディーネとハンス（男たち）が二項対立ではなく、表裏一体であることを暴露していく。現実社会の合理性からこぼれおちるものはかならず存在する。そこから目を背けようとも、この影の部分はかならず顕在化してくる。ふだん抑圧している側面がある日突然浮上してきて暗い深淵をぽっかりのぞかせる。そのような不安定な存在として「わたし」は描かれている。それゆえ、わたしたちはウンディーネをハンスの分身として捉えるべきだろう。小説の末尾近くでウンディーネはこう呼びかける。

幸せでいてちょうだい。あなたたちはたくさん愛され、たくさんのことが許されている。

でも忘れないで、わたしをこの世界に呼んだのはあなたたちの方だったということを。あなたたちがわたしの夢をみたの。別の女、別の男、あなたたちと同じ精神を持ちながら姿は違うわたし、見知らぬ女であるわたしを（後略）

「ウンディーネ去る」の「呼びかけ」という語りが、バッハマンの文学のテーマにとって内容的にもふさわしい手法であったことはあきらかだ。ひとはルールを批判することはできても、ルールの外に立つことはできない。それは絶え間ない侵犯と異議申し立てとしてしかありようがない。この異議申し立てを呑みこみながら、個人を全体へと包摂していく巨大な運動こそ、わたしたちがいま生きている社会だ。「ウンディーネ去る」の「わたし」は水中へ消えるしかない。

にもかかわらず、その営為は無意味ではない。ハンスに対してウンディーネは呼びかける。「独白」から「対話」へ。「呟き」から「呼びかけ」へ。この転換がベケットとバッハマンにおける一人称小説の相違点である。

「わたし」と発話すること、それだけでは自我のリアリティの保証にはならないこと。「わたし」は自明の前提ではないこと。バッハマンはそれを充分承知している。けれども、「わたし」の語りが呟きではなく呼びかけであることによって、すなわち聴き手を前提とした訴えであることによって、「語り」はモノローグの不毛性から救われる。問いを立て、答えを保留したまま「わたし」という存在の確約を先送りしつつ、「わたし」の根本的な解体は巧妙に回避する。これこそが、保証なき「わたし」の時代に一人称小説が陥った隘路から脱出するためにバッハマンが導き出した技法だった。

呼びかけとしての文学。それは、「フランクフルト詩学講義」で主体の危機にさらされた現代文学を分析したバッハマンが試みた乾坤一擲の、一人称の語りの妙手ではないだろうか。

リルケ「別れ」

別れ

どんなにぼくは感じたことだろう、別れというものを。
そして今も忘れることができない、暗く、不死身で、残酷な何か、
もう一度結びつきの美しさをしめし、
さしだしたあとで、引き裂くなにか。

どんなになすすべもなく見送ったことだろう、ぼくに、

ぼくに呼びかけたのに、立ち去らせ、
とどまりつづけるもの、まるですべての女のようで、
けれども小さくて、白い、

ぼくにはもう関係のない合図、
――もはやさだかにはわからないほど、かすかに合図を送りつづけるもの、
ひょっとしてそれは、
一羽の郭公があわただしく飛び立ったあとのすももの樹のようなもの。

十九世紀から二十世紀初頭にかけて、詩人たちが共有していた問題の一つに、ホーフマンスタールが「シャンドス卿の手紙」(一九〇二)のなかで告白した「なんらかの判断を表明するために必然的に口にしなければならない抽象的な言葉が、口の中で腐った茸のようにぼろぼろに砕け散る」感覚があった。

リルケの場合も、たとえば『新詩集』(一九〇七~八)に収められた「別れ」という詩を読むと、言葉に対する信頼を喪失した詩人の悩みが聞こえてくる。

言葉を発しても、それが実体を捉えることなく宙をさ迷ってしまう状態、さきほどの

「シャンドス卿の手紙」から引用すると、「『精神』とか『肉体』とか『魂』とかいったような言葉を口にするのが何ともいえず不愉快な」状態、二十世紀初頭に詩作を志した人間ならば一度は捉えられたであろうこの病を克服することなく、詩人たちは自分の詩をうたうことができなかった。リルケの「別れ」も、まさしくこのような状態における詩人の苦悩をうたったものといえる。

この詩は表題どおり、別れについてうたわれている。ちなみにこの詩は「別れ」、「告別」、「別離」などと訳されているが、内容からみるとむしろ「疎外感」とした方がふさわしい気がする。というのもこの詩が描いているのは、別れによって心のなかに生じた空隙だからである。リルケはこの疎外感を表現するために、二重のレベルで「別れ」を書いている。すなわち内容のレベルとことば使いのレベルにおいて。ゴットフリート・ベンが「『～のような wie』の大詩人」と評したように、リルケは別れを八つの譬喩《ひゆ》で表そうとしている。たとえば「暗く、不死身で、残酷な何か」、「ぼくにはもう関係のない合図、――もはやさだかにはわからないほど、かすかに合図を送りつづけるもの、ひょっとしてそれは、一羽の郭公があわただしく飛び立ったあとのすももの樹のような」。

わずか十二行の詩文のなかに織りこまれたこれらの巧みな譬喩は、たしかに読み手に別離の切なさをしみじみと感じさせる。別れの歌といえば、わたしなどはすぐ、王維の「君に勧む更に尽くせ一杯の酒／西の方陽関を出づれば故人なからん」という詩を思い浮かべるのだが、リルケの詩では情緒に訴えるのではなく、ことばの力だけで別れを描ききろうとしている。

しかしこの詩に鬼気迫る感覚を与えているのは、むしろことばの使い方そのものへの自覚である。彼は「別れ」というものに対して、さまざまな表現を比喩として与えているのではない。客体に対して、なにかことばを対応させて対象を表出することはもはやできない地点にリルケは立って、詩作を行っている。リルケにおける比喩とは、比喩する相手を失った比喩なのである。かれにとって「別れ」は自らのうちに確固として表現できるものではなく、もはや漠然と「なにか etwas ～」でしか言い表すことしかできないものである。彼はなんとか対象を認識したいと願い、次から次へと比喩の網を投げかけて捉えようとする。しかし手にできるのは、「一羽の郭公があわただしく飛び去ったあとのすももの樹」のような漠々としたイメージでしかない。

わたしがこの詩に惹かれるのは、詩の行間から立ちのぼってくる、ことばを操る生業にありながらことばを操れない詩人の無念の思いである。この詩のなかにあるのは、ことばから疎外された詩人の嘆きである。

もはやことばを語っても、音の羅列でしかない。二十世紀の詩人の負い目とともに、一方通行の譬喩という現代詩のあり方を提示している点で、興味深い。

けれども、後年リルケがフランス語で書いたつぎの詩を読むと、彼が「別れ」にもうすこしちがった譬喩をこめていたとも考えられる。

*

わたしの別れのことばは語られた　数えきれぬ別離が
わたしの幼児のころから　おもむろにわたしを形づくってきた。

つまり、ことばがありきたりの「意味」に別れを告げるとき、ことばは静止状態からにわかに動きはじめ、にわかに彼方を臨みつつ、不可知でありながらどこかに待っているだろう純粋な形象 Figur へ身を開くことになるのだ。だとするならば「別れ」とは、詩の「はじまり」であり、積極的な意味付けをもつ。『オルフォイスに寄せるソネット』第二部第十三歌では「あらゆる別れの前におのれを置くのだ、まるで今しがた過ぎ去ったばかりの冬がおまえの背後にあるように」とうたわれる。内なる振動の無限の根拠に必要な非在

Nicht-Sein のための、一度かぎりの機会を成就するために。

その例証としてもう一篇、印象的なリルケの作品を紹介してこの小文を閉じることにしよう。

予感

わたしは遥《はる》けさに取り囲まれた旗。
わたしは風を予感する、これからやってきて生き抜かねばならぬ風を、
まだ眼下の事物はまだそよとも動かぬうちから、
扉はひっそり閉められ、暖炉の焔もしずかで
窓もまだふるえず、埃もまだ積もったままのうちから予感するのだ。

そのとき、もう嵐を感知して、わたしは海のようにざわめき立つ。
そしておおきく身を開き、わたし自身へ落下し、
また思いきり身を放り投げ——ただひとり
大いなる嵐のさなかにさらされるのだ。

語りえぬものと向き合って──ルイ＝ルネ・デ・フォレ

一九四六年に発表され、一九六〇年再刊された『おしゃべり』によって、一躍その名を知られるようになったルイ＝ルネ・デ・フォレ（一九一八〜二〇〇〇）。『おしゃべり』の作者の文学が、しばしば「沈黙」というキーワードで説明されることは、一見矛盾しているようにみえる。主人公は鏡のなかの自分にむかって語りに語る。際限なく、始まりも終わりもなくしゃべる彼の語りは、何かしらの目的があるわけでもない。とめどなく湧き出してくる彼のことばは、語れば語るほど、現実性が薄れていく。語るほどに実体を失っていくという皮肉。

失われていくのは、ことばのリアリティだけでない。語り手の「わたし」の個性もまた霞んでしまう。饒舌が、逆説的に沈黙に転換するというテーマをデ・フォレの文学が追究しているなら、再刊された『おしゃべり』のあとがきとして添えられた一文をブランショが「虚ろなことば」と題したこともうなずける。

現実は、否定（「～でない」）によってしか描けない。「語りえない」という《事態》を語り、さらに、それによって「語りえる」ものの彼方に存在するであろう「語りえぬもの」を指し示そうとする姿勢は、ヴィトゲンシュタインを思い起こさせる。ならば、この二重の仕方で「現実」を描くことの不可能性をデ・フォレは書こうとしたのだろうか？

語り手への信用の失墜は、語り手によって語られた内容の信憑性を損なう。『おしゃべり』では語り手みずからが、自分の物語を否定してみせる。つまりデ・フォレの作品で重要なのは語られる内容ではなく、「いかに語るか」である。ミシェル・レリスの『成熟の年齢』の語り手には、秘められたみずからの特異な体験を明かしたいという欲求があった。しかしデ・フォレの主人公にはそれもない。ブランショがいうとおり、デ・フォレの小説は、「物語（る）とはなにかということについての物語」なのだ。

語り手は、自分が語ったことに対して註釈を加える。それは「語りについての語り（についての語り）」という無限の螺旋に陥る危険性をはらんでいる。鏡に映った自分の鏡像の鏡像（の鏡像……）というシミュラークルの連鎖。「わたし」について語る「わたし」の過剰な自己言及。「わたし」と鏡のなかの「わたし」の不一致を強調するためだけではない。その背景には、「わたし」という語り手がすでに作り話 fable であり、虚構にすぎないというデ・フォレの文学観がある。

語ってはただちに修正する。書いては消し、また書く。書くということに対するデ・フォレの用心深く慎重な姿勢は、晩年、『オスティナート』からの断章が「進行中の作品 work in progress」として雑誌などに断続的に発表され、また、その補遺とも呼べる『記憶しえぬものと向き合って』などが別に単行本として刊行され、デ・フォレの死の直前、『オスティナート』が一冊の書としてまとめられた後も、「デ・フォレの作品の完成形とは何か」という議論をドミニク・ラバテら研究者のあいだで巻き起こすことになった。出版社が作者の了解をどこまでとっていたのかは二次的な問題だ。これまで読者は完成形に至るまでの過程を読んできたのであり、「決定版を作るとは何か」という問いがデ・フォレ文学の要諦であるとするなら、デ・フォレのテクストに「決定版」なるものは存在しえるのか、という疑問は深刻な問いだ。

「物語るという作業とはなにか」に煩悶する姿を、自分の作品のなかで遂行的に演じてみせたデ・フォレ。『おしゃべり』がそうであるように、語り手は、語りつづけるうちに、自分がいまここで語っていることばに対する主導権を失っていく。デ・フォレのテクストでは、「わたしが語るJe parle」のではなく、フランス語の不定代名詞でいう「ひとが語るon parle」、いや「ことばが語るla parole parle」。ベケットの小説に似て、語り手が語れば語るほど、「わたし」はテクストから排除されてしまう。ブランショが、デ・フォレの作品を「亡霊によるテクスト、いや亡霊すら不在のテクスト」と呼んだ所以《ゆえん》である。そして「ことば」にしても、「わたし」を排除することで自律性を獲得するどころか、むしろ虚ろになっていく。

それでは書くという行為はただ虚《むな》しいだけなのか？　なにゆえデ・フォレは書きつづけたのだろう。

＊

「記憶を探る」というテーマは、いにしえよりフランス文学において重要な課題のひとつだった。「わたしはなにを知っているかQue sais-je?」で知られるモンテーニュの『省察』には次のような一節がある。

われわれの精神の歩みのような、あちこちさまよい歩く足取りをたどり、その内面の襞の不透明な奥深いところにまではいりこみ、その揺れ動きのあれほど多くの細かい表情を選び出し、定着することは、思ったよりずっと骨の折れる仕事だ。これはしかし、新しい並はずれた楽しみで、われわれを世間のふつうの職務から、そう、もっとも尊重されている職務からもひきさがらせるものなのだ。もう何年も、わたしは自分だけを自分の思考の目標にし、わたしだけを検討し、研究している。」（モンテーニュ『エセー』第二巻第六章「習練について」荒木昭一郎訳）

二十世紀に入って、プルーストが『失われた時を求めて』で、記憶のよみがえりの瞬間を執拗に描こうと試み、それを「水中花が花開くように」と喩えたことはよく知られている。デ・フォレの『オスティナート』もその系譜に連なる作品である。『オスティナート』の刊行に先だって発表された小冊子『記憶しえぬものと向き合って』のなかで、デ・フォレもモンテーニュさながら、過去を書きとめることの困難と歓びについて語る。

「光が間歇的にしか射し込まず、それすらしだいに稀になる、そんな鈍色の空の果てに消えかかっている未分化な塊を、みせかけの変形を加えることなく、色彩や凹凸をあらわしたいという願いに応えてくれるようなことばは、はたして存在するのだろうか」という問いかけから、デ・フォレの考察ははじまる。

歳をとるとともに、最高の状態で人生を見渡したいという子供っぽい野心も消えていく。文学的工夫の息吹きによって煽られていた記憶の炎もふいに衰えてしまった。このようなかたちのないやり方で、わずかな要素を除けば死んだ宇宙しか残っていない。記憶喪失に陥った脳が死に絶えるように。そして、そこから明確な力が得られるものはごく僅かしかない以上、そんなものはためらいなく塵の山に棄ててしまった方がいいのだ。

デ・フォレはきわめて悲観的だ。発表された『オスティナート』のなかでも幼年期の思い出を回想することに対して、「すべては地上の塵、ファンタスマゴリーにすぎぬのだ！すべて火のなかに投じてしまおうか。——いや、放っておくがいい。時間がその役目を引き受けてくれるだろうから」と書いている。「おお、古びたがらくたよ！　そんな書き割りは炎に投じ、灰にしてしまうがいい。我々が立てる跫音《あしおと》が、死者の遺骨と同じように空虚に響いている納骨堂にすぎぬこの大地と同じような無関心さで、その遺灰を踏みつけるがいい。」

つぎの引用は、そんなデ・フォレの創作態度を凝縮した一文であろう。原文は一つのセンテンスからできており、副文の留保を含む長い文全体の深い呼吸自体にも、文章の内容が反映されている。

ことばやペンを手にしている者は誰しも、真実に近づくには曲がりくねった道を選ばなければならないことを知っている。その姿は、正面から山に挑む危険を冒さず、頂上を目ざす途中の険しい山を迂回し、頂上に辿り着く前に日が暮れてしまうのではないだろうか、という過度の慎重さから、登山そのものを止めてしまう未熟な登山家に似ている。

けれども彼は、自分のことばが非力だからといって、強度をもつものの存在を書き留めないことは、かえってその価値を損なうことになるとも述べている。そして次のような肯定的な感慨も記される。「とくに決まった目的をもたないで進んでいると、誤った道を進んでいるのではないかという恐怖心で心が麻痺した人には知りえない歓びを手に入れることができる。行動を起こすこと、それ自体で充分なのだ。」「ことばが足を引きずり、生命を吹き込むということばの使命と調和せずとも、フレーズが軟弱となる場所、思い出を喚起するために不確かであっても必要な述語の正確さが失われる場所、すなわちことばがその魔力をもはや開示しなくなった場所にいながら、それでもなお人を信用し、わたしたちの存在理由はたしかにあったと忍耐できるのは、他ならぬことばのおかげなのだ。」

デ・フォレは「思い出す」という作業、「記憶を書きとめる」という営みについて、あたかも波が打ち寄せては引いていく間断のない運動のように、まさに音楽のバッソ・オスティナートの反復変奏のごとく、表現を変えながら持続的に考察をつづける。読者は、この波の無限の動きに身をゆだねることになる。

*

『オスティナート』で彼が描こうとしたのは、彼の幼年期の体験である。子どもはまだことばに充分習熟していないがゆえに、かえってことばというフィルターを通さず世界と触れあっている。「朝の銀灰色、葉群をすっかり失った樹々。太陽の運行。頂点に達し、輝かんばかりに沈みゆく姿。嵐の憤激、石から石へと飛沫をあげ、草叢をその香りでつつむ温かい雨。茂みから滴り落ちてくる子どもたちの笑い声。」ボードレールも懐旧しているとおり、大人になるにつれ、わたしたちはことばによって現実（自然）から切り離されてしまう。さらに「わたしだけ」のものだったはずの体験が、ことばのせいで一般的な体験に普遍化されてしまう。それと引き換えに読者とも共有できるようになるにせよ、代償は小さくない。それゆえ、子供が生きるいきいきとした時間を、ことばによって再現することは、作家にとってもっともむずかしい課題だ。

冒頭で、デ・フォレの文学において、「わたし」という個人の固有性は問題にならないと述べた。けれども、幼年期を書くことは、ひとそれぞれの固有性／単独性 singularitéを回復する試みであり、それによって人生の一回性を際だたせることにもなる。それに成功したなら、生きられた現実すべてが「現在 present」に、つまり目の前にいきいきと顕現するだろう。

ブランショは、「虚ろなことば」の後半で、おしゃべり babarder はハイデガーがいう Rede であり、語る parler ではないという鋭い指摘をおこなっている。ことばによって人間は人間たりうるというハイデガーに従うなら、おしゃべりはけっして人の存在を基礎づけない。

それゆえデ・フォレのテクストが読者に啓示する力の強度の源を、デ・フォレにとって書く行為が「悲しみに暮れ、また恍惚して désolé et ravissant」であることに見出したブランショは、やはり炯眼というよりほかない。『オスティナート』の序奏の部分には次のような一節が刻まれている。


沈黙を介してのみ伝えうるものすべて。そして音楽。いと高みより響いてくる弦と声の音楽に、わたしたちはそれらが永遠のものであるかのような感情に襲われる。

そこには、自分に思い出を伝えようとしてくれぬ秘密のことばを手にしようとした者以外、だれも体験したことのない、そしてだれも認識できないなにかがある。

デ・フォレの作品は雄弁ではない。かといって寡黙でもない。彼は沈黙へと沈潜する詩人ではまったくない。緊張感に満ち、読者への負荷が大きいにせよ、デ・フォレの文学は、彼にしか現出させえぬ現実をわたしたちに指し示している。

マルグリット・デュラスの「声」

一九六六年に発表された『ラホールの総領事』は、『二十四時間の情事』、『雨の日の忍び逢い』、『かくも長き不在』といった映画の台本を手がけ、小説でも『破壊しに、と彼女は言う』でト書き風の簡潔な描写と登場人物の会話からなる独自のエクリチュールを確立するマルグリット・デュラスの傑作である。

筋らしい筋もないこの作品の梗概を紹介するのはむずかしい。主な登場人物は、一時期インドの首府だったカルカッタのフランス大使とその妻アンヌ＝マリ・ストレッテル、彼女の取り巻きである新任のフランス人外交官シャルル・ロセット、イギリス人ピーター・モーガン、マイケル・リチャード、実業家ジョージ・クラウン、不祥事を起こし、現在カルカッタの大使館に預かりの身になっているラホールの副領事ジャン＝マルク・ド・Hであり、小説が描くのは大使主催のレセプションをはさむ一昼夜である。その過程で副領事が起こした「事件」が、憶測をまじえ語り合われる。噂や本人の証言、またHの伯母から大使に寄せられた手紙の文面から、彼がラホールの公園にいたハンセン病患者と犬に向かって夜、無差別に発砲したらしいことがわかる。Hはアンヌ＝マリ・ストレッテルの判断でレセプションに招かれる。童貞だという彼は一目で大使夫人に心奪われる。レセプションの翌朝、踊りあかしたストレッテルとその取り巻きたちはガンジス川の河口にある「島」へと出かける。すべてはカルカッタの暑い夜の出来事である。

要約するとこれだけの内容の小説だが、もう一人重要な登場人物がいる。大使館周辺に姿をあらわす乞食女である。ストレッテルは前任地サヴァナケット（ラオス中部の町）でこの乞食女を見かけたことがあると言い、またピーター・モーガンはこの乞食女について空想の身の上を小説に書いている。トンレサップ湖のあたりから、十年の歳月をへてカルカッタにたどりついたとされる女性。十代のころ母親から家を追われ、メコン川流域を転々としながら物乞いをし、男たちに犯され、子どもを産み、やつれ、髪の毛は抜け落ち、いま彼女は気が狂《ふ》れているようである。彼女はカルカッタの公園でハンセン病患者と寝起きを共にしている。

ベトナムに生まれ、ベトナム語を話して成長したデュラスは、大学への進学を期にフランスに引き揚げ、生涯ふたたびベトナムを訪れることはなかった。一方で、ベトナムでの子供時代がみずからに与えた影響を彼女ははっきり自覚していた。

わたしはフランス人というより、むしろベトナム人だった。フランス人 la race française、いや、フランス国籍に属しているというあり方は偽物だったということを、いまにして思う。わたしたちは、ベトナムの子どもたちと同じようにベトナム語を話し、靴を履いたこともなく、ほとんど裸で、川で泳いだけれど、母はもちろんそうではなかった。ベトナム語がまったく話せず、習得することもできなかった、ベトナム語はとてもむずかしいから。わたしはベトナム語でバカロレアに合格し、ある日突然自分が「フランス人」であることを知った。

デュラスにとってインドシナを描くことは何を意味していたか？　その答えを導くことは容易ではない。『愛人』が一九八四年、齢七十歳にしてゴンクール賞をデュラスにもたらし、後に映画化された作品がヒットしたこともあり、デュラスとインドシナとくにベトナムとの結びつきは、読者に強烈なインパクトを与えてきた。しかしデュラスがインドシナを直接舞台にした小説はそれほど多くない。初期の長篇『太平洋の防波堤』、そして晩年の長篇『愛人』、『満州の愛人』の三作のほか、『木立のなかの日々』に収められたいくつかの短篇くらいだ。

カルカッタを舞台にした『ラホールの副領事』に、インドシナ体験がデュラス文学にもたらした痕跡を探求する理由は、「ことば未然」「声」で自己を表象する人間が、世界をどう測量しているのかという、デュラスにとって根源的な文学創作の動機が、この作品ではっきりと前景化されるからである。

「他者との接触」と「自己の探求」という二つの営為が、ともに未知なるもの、ときには不気味なものへの測量として、切り離しがたく絡み合いながら同時に進行するのがデュラスの文学である。『ラホールの副領事』の乞食女の声は、デュラスの異邦性、脱領域的・治外法権的 extrateritorial なあり方を特徴づける象徴なのだ。名前もなく、ことばも与えられない（彼女が発するのは「バタンバン」「サヴァナケット」という地名くらいである）乞食女。（彼女の声は『ラホールの副領事』を下敷きに作られた映画『インディア・ソング』のなかで聞くことができる。）

たしかに『ラホールの副領事』の登場人物たち（白人）は、この乞食の女の存在に陰に陽に影響されている。意識を「湿潤される」と形容すべきか。もう一人、乞食の女と対を成す人物がいる。ラホールの副領事その人である。人びとは副領事にこう言い放つ、「あなたは不在のときにしかぼくたちの関心を呼ばないのですよ」。にもかかわらず、彼は小説のなかで、他の登場人物にとって気がかりな存在でありつづける。小説の最後に男たちは言う、「彼の存在を忘れてしまうのが大切だ」。

彼の存在がなぜ彼らの気にかかるのか、いや惹きつけるのか、彼らにも割り切れないままだ。さらに、アンヌ＝マリ・ストレッテルに対する愛もしくは欲望の内実もはっきりしない。因果関係から逸脱した漠然とした欲望も、デュラス特有の心理状態だ。

このことは文体にもあらわれている。主語には特定の誰かを指示しない代名詞 on が多用され、本来目的語を必要とする他動詞も自動詞として用いられる。それによって、登場人物の「主体」の欠落があらわにされていく。自由間接話法なのか、作者によるト書き的説明なのか不分明な箇所も多い。権威ある作者による遠近法的まなざしは徹底的に排除され、人間の欲望、自然、湿気と暗闇が描き出されていく。

こうした『ラホールの副領事』の語りの世界を理解するためには、前作『ロル・V・シュタインの恍惚』を振り返ることが助けになるだろう。

主人公ロル・V・シュタインは十九歳の夏、T海岸のカジノで開かれた舞踏会で、婚約者マイケル・リチャードソンが、その場に突然現れたアンヌ＝マリ・ストレッテルに心を奪われるのを見て失神してしまう。そのままロルは正気を失い、S・タラの自宅に引き籠もるが、やがてジャン・ベッドフォールと結婚し街を離れる。十年後S・タラに戻ったロルは、ある日幼なじみの友人タチアナ・カールと男が、自宅の前を通り過ぎるのを見つけ、二人の後をつける。二人が森のホテルで情事にふけるのを、ホテルの裏のライ麦畑からロルは見つめる。ロルはタチアナの家を訪ね、彼女の夫とその友人ジャック・ホールドに紹介される。このジャック・ホールドこそ、タチアナの情事の相手に他ならなかった。ジャック・ホールドはロルに惹かれ、かつて彼女が喪心したT海岸の舞踏会場へと誘い、そこで一夜を過ごす。ジャックはタチアナとホテルで、ライ麦畑に身を潜めるロルからわざわざ見えやすいように情事を重ねる。麦畑から二人の性交を見つめて恍惚とするロルの姿でこの小説は閉じられる。小説の途中でジャック・ホールドその人がじつはこの作品の語り手だったことが明かされる。

原題 Ravissement が意味するものは何か? ここで「恍惚」と訳した語は、奪う ravir の名詞形であり、歓喜、喪心、法悦、忘我などと訳すことができるだろう。奪い、奪われるものは何かといえば「自我」である。立木康介が『狂気の愛、狂女への愛、狂気のなかの愛』で指摘しているように、登場人物たちの欲望は、不在によって語られる。ロルの性欲は、直接にではなく、友人タチアナとジャック・ホールドの情事を覗き見することで充たされる。同じ構図は『愛人』、『満州の愛人』のなかで、「わたし」と「愛人」そしてエレーヌ・ラゴネルの間にも認められる。このような欠如の三角形は、ルネ・ジラールがスタンダールやドストイェフスキイのなかに（そして作田啓一が漱石に）看てとった、ライバルの欲望をみずからのものと代替させるドラマトゥルギーではない。ここでは、欲望を充たされる主体本人は「空虚」のままなのだ。ことばを替えると、不在の人物が主体の欲望を充たすのだ。

『ラホールの副領事』と『ロル・V・シュタイン』は、登場人物が共通しているだけではなく、登場人物たちの「欲望の不在」というモチーフにおいても連作を成している。この連作はさらに『愛』や、映画『インディア・ソング』などへと拡がっていく。そして『ラホールの副領事』における主要な登場人物たち、すなわち乞食女、副領事、アンヌ＝マリ・ストレッテルに通底するのが「不在」である。

自己の欲望が不在な場所で蠢《うごめ》き、彼（彼女）らを突き動かしている「なにか」を可視化させるのが、ラホールの副領事の存在、そして何より乞食女が歌うラオス語の歌であり、夜の公園から聞こえてくる声、デュラスの表現を借りれば「森のざわめき」なのだ。「声」がもつheimlich、すなわちフロイトがいうところの親密でありながら不気味なものが、登場人物の行動原理である。

　このようなデュラスの世界では、必然的に「自然」と「文化」の間の境界線は曖昧になる。いや、正確にいえば、文化人類学者フィリップ・デスコラが言うとおり「自然」と「文化」の境目など定めようがないことが明らかになる。力・暴力が孕む二面性、すなわち「文化を作り出す創造的なベクトル」と、「文化（人間が作り出したもの）を管理し、抑圧するベクトル」という二つのベクトルが交錯する場が、まぎれもなく人間の「文化」にほかならない。デュラスの登場人物たちは、「文化」と「自然」の境界／限界を越境し、無効化する。それも意識的、理性的にではなく、漠然とそうと気づかず無意識のうちに。そうすることで、彼／彼女たちは、治外法権／脱領域的なふるまいを重ね、「文化」を測量する。

　人間を主体の欠如において描く姿勢は、西欧の近代知への反抗を意味している。自然科学の分野であれ精神科学の分野であれ、地球を支配してきたヨーロッパの啓蒙主義の「人間」という理念の対極に、測量しえない存在としてのデュラスの「人間」がある。ベトナムで成長しながらベトナム人たりえず、かといってヨーロッパに暮らし、フランス語で書きながら、フランス人を自認しない。デュラスの根無し草の異邦性が、生に対する独特の感性を育んだ。彼女の態度は、オリエントやアフリカなど、ヨーロッパの「他者」との遭遇から刺戟をうけ、みずからの西欧性を否定するそぶりをみせながら、けっきょく「他者」を呑みこみ、弁証法的に自己に回収してしまった多くのフランスの詩人とは一線を画している。

「治外法権／脱領域」の世界を築いた文学者としてナボコフやベケット、ボルヘスを評価したジョージ・スタイナーだが、一方でヨーロッパ文明の本質をロゴス（ことば）に求め、ヘンリー・ジェイムズの「言語は、十分厳密な力をもって駆使されるなら、有意義な体験の総体を表現し、伝達できるはずだという信念」を憧憬とともに語る（現代におけるその体現者として、スタイナーは同郷のオーストリアの作家ヘルマン・ブロッホを挙げる）。ベケットの逸脱もスタイナーの理解では、ヴィトゲンシュタインのテーゼ「語りえぬものについては沈黙せねばならない」の否定ではなく、逆説的な実践として捉えられる。

それに対しデュラスの文学は、「言語は有意義な体験の総体を表現し、伝達できる」という西欧文学の理念の根本的な拒否である。そのようなデュラスの文学を作り上げたのが、ベトナムでの体験であり、西洋近代文学へのアンチ・テーゼとして、みずからのエクリチュール（「書かれたもの ecrit」ではなく）を確立させたのが『ラホールの副領事』なのである。

自然について――ドイツ・ロマン派の絵画

ここに一枚の絵がある。ゲオルク・フリードリヒ・ケルスティングの「鏡の前で」(一八二七)。鏡を前に髪を梳《と》かす女性。一見すると日常生活の一コマを切りとった絵だ。ナポレオン戦争が終結し、ヴィーン会議を経て、ヨーロッパに秩序と安定が取り戻されたビーダーマイヤー時代の市民生活の、むしろ幸福感さえただよう一枚。部屋の窓は開け放たれ、あかるい日射しが部屋に射しこんでいる。

ところが、この絵を観るとなんともいえない不安な気持ちに襲われはしないだろうか。この「落ちつかなさ」の原因は、ケルスティングの友人にして、ドイツ・ロマン派を代表するダヴィッド・カスパー・フリードリヒの「窓辺の女性」とくらべると、よくわかる。

ゲオルク・フリードリヒ・ケルスティング
「鏡の前で」（1827）

ダヴィッド・カスパー・フリードリヒ
「窓辺の女性」（1822）

かたやフリードリヒの絵を前にして、観る者は窓の外にひろがる景色をこの絵の主人公とともに背後から眺めながら、彼女の前途に思いを馳せ、彼女の顔の表情や心境を想像することだろう。「海辺の僧」や「山上にて」など、フリードリヒには人物の後ろ姿のみを描いた作品がたくさんあって、ときに不気味な印象をあたえることはたしかだ。しかし「窓辺の女性」にかぎっては、鑑賞する者は彼女に容易に感情移入できるように構成されている。

それにくらべてケルスティングの作品ではどうだろう。わたしたちはまなざしの焦点をどこに合わせればいいのだろう。梳《くしけず》る主人公の表情は、鏡をとおしてわたしたちに見えている。そのことによって、後ろ姿しか見えない、つまり顔が見えないフリードリヒの作品より絵が説明的になっているかといえば、まさにその反対だ。フリードリヒの絵では開かれた窓から外を眺めていた女性だが、ケルスティングの絵では、だれもいない部屋に窓が開け放たれているかにも見えてしまう。

ケルスティングの絵には焦点がない。あるいは主題と背景、絵と地の区別が欠けている。もしくはいつでも反転可能なのだ。それが観る者になんともいえぬ不安感をあたえる。

精神科医の木村敏は精神病を関係性の病と捉えている。精神病を対人関係に起因する病とすることにまず問題はないだろう。ここで「関係」という言葉を「社会（性）」と置き換えてもいいし、また「他人との距離感」と置き換えてもいいだろう。「他人との距離感」「距離の取り方」に何らかの異常が発生して、患者自身が違和感を覚えること、そしてその（無意識的な反応としての）症状。

＊　＊　＊

といっても、ここで指すのはかならずしも具体的な人間関係ではなく、そもそも「他者」が実体性をもたなくなるのである。そして他者の存在感が希薄になるということは、相対として自己の存在感も希薄になることを意味する。患者には「外部」も「内部」も消滅していて、ただ果てしなく暗部が拡がっているように感じられる。

精神科医との面談では、まず「調子はどうですか」と訊《き》かれる。これが患者にとって何より苦痛なのだ。ことばは便利な記号であり、自分の内部とことばは透明につながっていて、符合することばを連ねることによって症状を医師に伝えることができる……。それは嘘である。のっぺらぼうの状態を「ことば」によって「分節化」する。それが不可能なのである。

別の角度から考えてみる。

「わたし」がいて、それを包む「自然」があり、「わたし」と「自然」が調和的な状態にある。それを健常な状態と呼ぶならば、「わたし」と「自然」の調和（絆、関係）が破綻することが精神の「病」ということになるだろう。本来「自然」とは、「わたし」を取り囲み、そのまま包摂し、しかもその存在を感じさせないという「自然さ」をもつものと特徴づけられる。その「自然」との自然な（自明な）関係が壊れるとはどういうことか。「自然＝外部」の消失である。自分を取り巻くものの消失は、それとの関係（距離）において場所を測っていた「自己＝わたし」の消失でもある。

いや、消失という表現は正確でないかもしれない。自明な存在と思われてきたものが突然消えてなくなるとは、今まで輪郭をくっきり保ち鮮やかな存在感をもっていたところが、急に空白になってしまった感じに近いだろうか。あるいは果てしないモノクロームの空白地帯が拡がっているかのような。

そのような空間においては遠近法や、「内」も「外」もない。「わたし」はわたしの意識によってはけっして回収されることのない、しかし常にわたしに作用しかけてくる、しかもわたしにはいつまでも疎遠な空間の拡がりに変容する。意識しえないものは、「意識しえないもの」としてさえ意識できないのだ。ただそのような領域によって不断に脅かされている。病人にとってそれが「不自然な」自然である。

そのような者が生きる世界に「意味 sens」はない。始点（origine ＝起源）もなければ終点（fin ＝目的）も存在しない。つまり、いかなる「物語」も成立しえないという意味において、まさに「自然」である。そして先に触れたように、このような感触は、ことばによって対象化することも分節化することもできない。ましてやそれをことばによって説明することを強制されることは苦痛である。

アネッテ・ドロステ＝ヒュルスホフの詩「鏡像」では、鏡を見つめる「わたし」と鏡のなかの像の「真偽」の境界が消滅した世界がうたわれた。

ケルスティングの絵は、一見平和な市民生活を描きながら、「内」と「外」の関係性が喪われたドイツ・ロマン派の芸術家の心象風景を（本人が意図していたか否かは別にして）あらわしているのではないだろうか。

「他者」の声――マーラー「交響曲第九番」

マーラーの交響曲第九番は、完成した（「大地の歌」を含む）十曲の交響曲の最後を飾る。マーラーの作品はかつて「引き裂かれた魂の苦悩」の代名詞のように捉えられていたが、安易なレッテル貼りは慎まねばなるまい。彼の初期の交響曲と、最晩年の「第九」を比較することで、その「苦悩」を具体的に考えてみたい。

マーラーをロマン派の範疇に括る見方には、異論があるかもしれない。だが、こと交響曲第一番、そして第二番「復活」はロマン派的な要素が濃厚である。

マーラーのユダヤ性に着目する論者は多い。しかし彼が選んだテクストをみれば、マーラーが意外にもドイツの古典的な教養に根ざしていたことが分かる。「復活」ではクロプシュトックの詩篇を、第八番ではラテン語の讃歌「来たれ創造主たる霊よ」とゲーテの「ファウスト」を取り上げている。第一交響曲は、ジャン・パウルの小説にちなんで「巨人」と名づけられるはずだった。「亡き子らを偲ぶ歌」のリュッケルトは十九世紀中葉のドイツを代表する詩人。また、マーラーには妻アルマが陣痛に苦しんでいるとき、苦痛をまぎらわそうと、カントの哲学書を朗読して聞かせたという、いささか滑稽な逸話も残っている。「わたしは三重の意味で故郷がない。オーストリア人の中のボヘミア人として。ドイツ人の中のオーストリア人として。そして世界の中のユダヤ人として」という彼の有名な告白は真実であったが、一面でドイツの知的教養のなかに安らっていたことも事実である。

「子供の不思議な角笛」はドイツ・ロマン派のアルニムとブレンターノの手によって蒐集された民謡詩集だ。このようなロマン派の試みは、みずからの民族文化への回帰という側面をもっていたことはいうを俟《ま》たない。その「子供の不思議な角笛」に附曲したマーラーは、とりあえずドイツの文化的伝統に身を置いていたといえよう。

一方、芸術作品を「自我」の表出と捉える芸術観も、マーラーがシューマンなどドイツ・ロマン派から引き継いだ考え方だろう。果てしなく肥大していく自我を表出するために、マーラーの交響曲は巨大なオーケストラ編成と、長大な演奏時間を必要とする。その一つの頂点が「復活交響曲」である。

終結部で啓蒙期のクロプシュトックの詩「復活」を二人の独唱歌手と合唱が壮大に歌い上げる、全五楽章からなるこの交響曲は、途中、先に紹介した「子供の不思議な角笛」の旋律が随所に引用され、一つの気宇壮大な宇宙を創出した感がある。圧倒的なスケールの音楽に身をゆだねながら、その宇宙の真ん中に創造主として佇むマーラーその人の巨大さに、聴き手は心打たれずにはいられない。つづく第三番、第四番もしかり。

だが、マーラーの精神とドイツの知的教養の調和も、この作品を境に軋《きし》みはじめる。古典的伝統の中に安らう魂に、異質なものが吹き込む。マーラーは自己のうちの、見知らぬ「他者」の存在に気づく。正確に言えばマーラーの心は「他者」の複数の声に支配されていく。あるいはフロイトの用語に倣って「不気味なもの Unheimlichkeit」と呼んでもいい。

交響曲第六番の終楽章を聴いてみよう。ここには、「復活交響曲」に聴かれた、すべてを統《す》べる統一した自我たる作曲家の姿はない。もはや作曲は自我の表出ではない。内面を吹きすさぶ他者の風音を、ただ楽譜に書きとめることしかできない、みずからに戦慄するマーラーがいるだけだ。自足し調和した宇宙の痕跡は、ここにはない。

マーラーの「第九」は、皮肉にもベートーヴェンが「第九」で達し、みずからも「復活」で辿り着いた境地の、まさに正反対に位置する。

この交響曲の演奏が困難な理由は、テクスチュアが複雑に書きこまれているあまり、各パートの奏者が、いま自分の演奏している箇所が全体の中でどのような意味をもっているのか、理解することが難しいことに起因している。バフチン風にいうならば、作者が創り出したはずの登場人物が複数の声で語りはじめ、作者とダイアローグを始めてしまったのだ。バフチンは音楽用語を借用して「ポリフォニー」と名づけたのだろうが、マーラーの音楽はまさにポリフォニックである。異質な声が異質性をそのままに——あるいは他者性をそのままに——輻輳していく。第三楽章では、あの「角笛」のメロディーも聴こえてくるが、たちまち他の声にかき消されてしまう。

もちろんこの曲を分析すれば、たとえば「第一楽章は、冒頭の五つの動機から楽曲全体が有機的に構成されている」などと説明することはできるだろう。しかし、そのような分析にも包摂しえないさまざまに矛盾した「余剰」が孕《はら》まれているのも認めざるをえない。「マーラーの自我は引き裂かれていた」という表現は妥当ではない。「自我」は解体するのではない。マーラーは自己の内に拡がる深淵の闇を凝視していたのだ。「自我」によっては回収しきれない「他者」を。その他者の声にマーラーは耳を澄ませていたのだ。ドイツの伝統的な知的教養に身を浸していたマーラーが聴いた「他者」の声とは？　それがマーラーの「第九」だったのではないだろうか。

シューベルトのピアノ・ソナタ

ライナー・マリア・リルケ

秋

木の葉が落ちる、どこか遠くから落ちてくるように。
天上で、かなたの庭の樹々が枯れでもしたかのように
木の葉が落ちる、拒むような身ぶりで。

そして夜々には重い大地が落ちる
星々のあいだから孤独のなかへと。

われわれはすべて落ちる。この手も落ちる。
まわりをごらん、すべては落ちていく。

けれどもひとりこの落下を
かぎりなくやさしくその手で受けとめてくれる誰かがいる。

わたしたちの生は内部に、どうしても、どこか暗黒の深淵を孕んでいる。ふだん意識されることはないが、この虚無は人生のさなかにあってもわたしたちを見守っている。たとえばクリムトの「接吻」を注意して観ると、愛の最高の瞬間にある女は、その爪先を絶壁にかけて、かろうじて現世に踏みとどまっている。それと同じように、わたしたちの生はいつも虚無と背中合わせである。そして人生の時折り、わたしたちの心を支えていたものがすべて崩れてしまったような思いにとらわれることがある。そんなときに「かぎりなくやさしい手で」受けとめてくれるのがシューベルトのピアノ・ソナタである。
シューベルトの晩年のソナタ、いやすでに十代に書かれたソナタのなかにさえ、えもいわれぬやさしさがある。それはおそらく彼が「死者の眼」でみずからの生を見つめていたからだろう。だからシューベルトのやさしさは、かなしみと絶望を通りすぎたあとの、諦めと赦しに裏うちされたやさしさである。そして、それゆえ彼の音楽には、どこか天上的überirdischで、夢みるような雰囲気がある。ちょうど秋の、まるで遠い世界の澄んだ、低い陽射しに包まれているような。

シューベルトのソナタを弾いていると、はてしないかなしみが響いてくる。にもかかわらず、彼の音楽にはどこか、かなしみを通り越した彼方から届いてくる、人を励ますようなところがある。それをうまく言いあらわすことはできないが、「かぎりなくやさしい手で受けとめてくれる誰か」の存在を確信させてくれて、その感覚が、この生の虚無に対して、わたしたちに勇気をあたえてくれるのである。

ベートーヴェン「ピアノ・ソナタ第十八番」
変ホ長調 作品三十一－三

有名な「テンペスト」（作品三十一－二、一八〇二年）と「ヴァルトシュタイン」（作品五十三、一八〇四年）の合間に隠れてか、あまり知られていない変ホ長調のソナタ（一八〇四）は、往年の名ピアニスト、ヴィルヘルム・バックハウスが生涯最後となったオーストリア南部の小邑でのリサイタルで取り上げた作品だった。そしてこのソナタの第三楽章を弾き終えた時点で、彼は聴衆に向かって「ちょっと気分が悪くなったので」と告げ、「炎のような」フィナーレを弾くことなく、舞台裏に下がったのだった。そのあとシューベルトの即興曲を演奏してコンサートを終えたバックハウスは、まもなく死去する。おそらく死期を予感しながら、彼はどのような思いで、この「モデラート・エ・グラツィオーソ」のメヌエットを弾いていたのだろう？　この短くも美しい楽章は、ひとが人生の最後に奏でるにふさわしい音楽である。

この逸話とは関係なく、この短い楽章には夢みるようなはかなさがある。哲学的、ドイツ的無骨と思われがちなベートーヴェンは、ときとして驚くほど甘美な旋律を紡ぎ出す。しかし、ことこの曲に関しては、主旋律の美しさより、右手が奏でる中声部の方に魅力の秘密があるようだ。

変ホ長調の主和音を支えるようにはじまる内声部は、三小節目から変ロの、そして四小節目の終わりから変ホの音を、八分音符で単調に叩きつづけるのだ。そして七小節目からふわりと半音階的に上昇し、主題の提示を終える。主旋律と低音部のあいだで、この内声部をどのように響かせるかは難しい。それは臨終を迎えようとしている人の脈搏のようにも聞こえる。ここでの変ホ長調のメロディーには、英雄交響曲やピアノ協奏曲「皇帝」の輝かしい変ホ長調とはちがって、移ろいゆくものをいとおしむ回顧的な趣があるから、そんな風に感じるのだろう。

交響曲第五番ハ短調のいわゆる「運命の動機」より、わたしはこの持続する単調な連打のなかにむしろ「死」を感じる、運命ごとくには克服されることのない、死の予兆を。

同じようなパッセージを俗に「田園」と呼ばれる十五番のソナタ・ニ長調作品二十八の

冒頭にも聴くことができる。ここでは主音のニの音が四十小節近くにわたって、単音で叩かれる。「田園」という牧歌的な名を与えられた作品ではあるが、このソナタの主題もどこか諦観的ではないだろうか？　終楽章では別れを惜しむようなパッセージがつぎつぎと現れる。

このように想像をたくましくするのは、ブラームスが「ドイツ・レクイエム」の第三楽章のフーガでニの音を持続低音《オルゲルプンクト》で鳴らしつづけ、また交響曲第一番の序奏ではハの音を刻ませたからでもあろう。とはいえ、ベートーヴェンの持続音は、ブラームスの葬送のイメージとも異なる。ブラームスのような重苦しさはベートーヴェンにはない。

むしろ、この小さなメヌエットの内声部の進行が、後年の「ハンマークラヴィーア」ソナタの第一楽章の主題へとはるかにつながっているような気がわたしにはする。変ロ長調で書かれた明確な主旋律ラインに対して、中声部も、そして低音部も、浮遊感を感じさせながら漂い、抽象的な（半音階的とはいえても、さすがに無調的なとはいえないが）軌跡を描きながら、四分音符のままにしだいに下降していく……。巨大な「ハンマークラヴィーア」ソナタの構成力にでもなく、冒頭の変ロ長調の力強い和音にでもなく、見事なフーガにでもなく、このいじらしいほどの、主旋律も含めた三声の絡み合いに、わたしは彼岸の美しさを感じる。このどこかしら影がさしたような感覚が、わたしの愛するソナタのあの楽章を思い起こさせるのだ。

このソナタを弾くとき、ときとしてわたしは天を見上げずにはいられない。作品三十一―三はそんな音楽だ。

海の想い——田口義弘

二〇〇二年六月四日、田口義弘先生の「お別れ会」の会場で先生の写真を目にしたとたん、涙がこみあげてくるのをどうしようもなかった。笑顔をたたえた田口先生の写真。先生は生きてまだそこにおられるようなのに……。

予期せぬ訃報だった。五月二十一日に以下のような電子メールをいただいていた。

細見和之詩集がナビール文学賞を受けたとのことで嬉しく思っていますが、六月のなかば頃に、それへの祝意もこめて五〜十人ぐらいで夕食会のようなものをやりたいのですが、どうですか？　原則として文学的創作をやっている人をメンバーとして。

細見さんの詩集『言葉の岸』は死と旅をテーマにしたすぐれた詩集だと思う。たとえば次のような一節、「いつか本で読んだ北アメリカのインディオの話が、ずっとぼくの心に残っていた。白人の入植者たちに強制移住を命じられたとき、彼らは列車や車を使って居住地を離れることだけは拒んだのだった。たましいが追いつけない、というのがその理由だったという。／〈住み慣れた土地を離れるためには、たましいの速度に配慮しなければならない〉」に深く心を動かされていた。ちょうどそのころ地方でドイツ文学者の学会があったので、食事会の日程は帰京後に相談することになった。ぼくはその集まりを楽しみにしていた。

＊　＊　＊

それに先立つ二〇〇一年一月二十五日付の田口義弘先生からの手紙。

波根へ旅されると聞き、楽しくなりました。旅館については駅のまん前の石原旅館だけを知っています。たくさんサンダルやズック靴が並んでいる所をあがることになりますが、通された部屋は悪くなく、トイレもついていました。僕が泊まったときはそこの四十台くらいの、好感のもてる容姿である女主人が夕食のときサービスしてくれ、まだそのときのことを憶えていますが、この女性は米子出身でした。他の旅館は夏以外は営業していないところが大部分。福永さんの好きだったように思われる宿として、細い道を玄関まで歩いてゆく和風の宿もありましたが、ここは休業中でした（大橋屋というような名だった）。前にも話しましたが、宿のすぐ裏の海は夕方カモメがにぎやかに飛びかい、浜を犬が走っている時間がいいようです。その浜を歩いているおばあさんと話を交わすことをすすめます。しかし波根の浜へ行ったら海岸から向かって右斜めに見える小さなとがった島（であり丘でもある）隆起を上までぜひ登ること。この島の上に立つと状況は一変します。運がよければムージルの少佐夫人の章に書かれているようなエクスターゼを経験することができるでしょう。石原旅館は石見大田市波根町にあり電話番号は〇八五四八-五-＊＊＊です。ぼくの「旅の収穫」という詩のもとになった経験があったのは三年前（それとも四年前?）の二月でした。よい旅を祈ります。ほんとうに波根への旅をした場合には駅の前のポストにぼくへの便りを投函するのを忘れずに！

これを読んだら電話してください。　田口義弘

その前の年の夏、思い立ってぼくは松江への旅を試みたのだった。その折りついでに大

田まで足をのばしたのは、その地が友人の郷里だったからで、山陰線の車窓から眺める日本海は雄大で、その旅行でのいちばんの印象となって心に残った。
帰京後そのことを田口さんに報告すると、「石見波根の海岸といえば、福永武彦の『忘却の河』の舞台ではないか?」と問い返された。福永の愛読者のはずのぼくは、迂闊《うかつ》にもそのことを知らなかった。
さっそく調べてみると、『忘却の河』初版後記に次のような一節を発見した。

特にこの作品の発想となった一昨年の晩秋、旅行の途中で見た石見の国波根《はね》の海岸の風景は忘れられない。私はその風景を作品の中に用いたわけではなく、賽の河原にしてもまったくの空想であるが、この作品全体にあの海岸の砂浜に響いていた波に弄ばれる小石の音が聞こえている筈である。

一九六二年の秋、福永武彦は大田の高校の文化祭での講演のため彼の地を訪れた。京都から松江、玉造温泉とまわり、翌日大田で講演を済ませた後、三瓶温泉に投宿する。「あくる朝は早く起きて、三瓶山の名物という雲海を見たし、波根《はね》という海岸で小石などを拾った。松江に泊って宍道湖の夕焼けを心ゆくまで眺めたり、出雲大社を見物したりした」（「講演嫌い」福永武彦全集第十四巻所収）。

福永が講演に出かけた理由は「日本海を見たい一心」だったという。ほかに「旅情」と題するエッセイにも、「石見波根の海岸や、また出雲の稲佐の浜で見た日本海の印象は、いまだに忘れがたい」との一節を見出すことができる（「旅情」福永武彦全集第十四巻）。波根についての福永の言及はこれだけで、直接『忘却の河』との関連を示唆する文言は、先の「後記」以外にはない。しかしぼくの心の中には、波根の海岸をもう一度訪れてみたい、という気持ちがわきおこった。そもそも夏の旅では、汽車の中から岩に砕け散る波を望んだだけではないか。ぼくは『忘却の河』のモデルとなった海岸を自分の足で歩いてみたかった。冬の日本海を見てみたい、という気持ちも強かった。

ぼくが実際に旅に出たのは二〇〇一年の二月十一日だった。当日、鳥取東部で群発地震が発生し、列車は大幅に遅れ、ぼくは昼食を食べそこなってしまった。小雨の煙る天気だった。田口さんの助言に従って、ぼくは石原旅館に宿をとった。窓の外には砂浜が拡がっていて、その向こうはすぐ海だった。窓を開けると、打ち寄せる波の音が大きくて、すぐ閉めなくてはならなかった。旅館に昼食の支度はなく、波根の無人の駅舎の前には一本の国道が通るきりで、喫茶店や食料品店のたぐいもなかった。仕方なく、ぼくは宿の裏手の海を歩いた。

雨はすでにあがっていたが、空は鈍色《にびいろ》の厚い雲に覆われていた。海は青というよりはむしろ薄い緑色に近く、ただ波しぶきをたてて浜へと打ち寄せてきた。はるか沖を見渡すと、空と水平線の境界は曖昧で、どこかしら地の果てから波が起こり、白い波濤《はとう》をたてて、間断なくこちらへ迫ってくるようだった。
人気《ひとけ》はなく、カモメが風に流されているだけだった。小さな漁港をはさんで右手に岩山が見えたが、登るには険しすぎるように思えた。あるいは地震の直後である、という意識がどこかでぼくをためらわせたのかもしれない。

——福永武彦の長篇『忘却の河』は罪と赦しをテーマにした作品である。

罪。罪は贖《あがな》えば許される。宗教はそう教えていた。それならば神と人間との間に罪があり、人は罪を贖う身代金《みのしろきん》を納めさえすれば、その罪は取りのけられて元通りの神に許された存在となることが出来るだろう。（中略）しかし神に赦されることのないこの罪は、永久に、不条理に、私をおびやかしてやまない。では私の怖《おそ》れているものの正体は何か。それは要するに、私の犯した罪を赦してくれる人がいないということから生じる恐ろしさなのだ。誰が私を赦してくれるだろう。赦してくれる筈の人は既に死に、私がどんなに叫んでも彼等から赦しを得ることは出来ない。（中略）もし審《さば》きというものがありさえすれば、それで人は済《すく》われる筈だ。宗教は地獄をつくり、法律は裁判所をつくった。しかし、自らの意識に於《おい》て自らを審き、罰を課し、罰に服さねばならないような人間もいる。地獄を自らのうちに持たなければならないような人間もいる。未練がましくこの生に執着し、忘れたい、忘れたいと思い続けながら。

このような内面を抱えた主人公藤代が最後に辿り着くのが、波根の海岸に着想を得たという賽の河原である。そこは「石のごろごろしている人けのない砂浜だった。打ち上げられた漁船、葉の落ちた裸の樹々、雪除けの柵。砂浜の先には、疎《まば》らに散在する貧しげな家があり、裏山へと続いている段々畑があり、山の背後の空を流れている冬の前ぶれのような灰色の雲があった。」「あくる朝は一層曇っていて、風も昨日よりは余程はげしく吹きつけていた。浜に出てみると、石の間に流木がたくさん流れついていた。砂地の少ない、岩や石のごろごろしている砂浜で、浪が砕けては引いて行くたびに、小さな石はからからと音を立てて引潮と共に動いた。私はその海辺を越えて、岩と岩との間を縫っている細い道を辿り、やがて賽の河原に達した。」

しかし現実の波根海岸はごくありきたりの砂浜で、福永の小説を想起させるものはなにもなかった。暇を持て余して「掛戸の松島」と名づけられた奇岩まで歩いてみたが、格別の感銘も受けなかった。ぼくは幾分失望し、宿に引き返した。

窓は閉め切ったまま、部屋から海を眺めていると、しかしそれなりに感慨があった。京都に生まれ育ったぼくには、こうして、ただ海と向き合うという経験がほとんどなかった。たしかに波根には『忘却の河』のおもかげは認められなかったが、海と向かい合っていると不思議に心が落ち着いた。やがて日は暮れゆき、海は闇に包まれた。夜になって、波音はいっそう激しさを増し、闇の中で、ただその音だけが轟いていた。夕食にあんこう鍋をいただいた後、ぼくは約束どおり田口先生に葉書を書いた。その下書きがぼくの手帖に残っている。

石原旅館の海の見える一室で、この葉書を書いているところです。浜には人影が少なく、カラス、鳩、カモメ、海ネコなどが短く鳴き交わしているのみ。あとは間断なく冬の海が逆まく音が聞こえてくるばかりです。ぼくは海に対して、この地の涯、罪をすすぐ場所、浄化の象徴のようなイメージをもっていました。しかし、ここにあるのは、ただ轟音をたて荒ぶる海だけです。けれども海を見ているあいだに、最初のイメージもまちがってはいなかったように思えはじめました。海を見るわれわれが抱く悲しみがいかに大きかろうと、それとは関係なく黙々と波打つ眼前の海、それは神の存在と近しいように感じます。

波根を去るとき、ぼくは駅前のポストにこの葉書を投函し、帰路についた。

ところが話はそれだけで終わらなかった。京都に戻って、もう一度福永の全集を播《ひもと》いて、「海の想い」という小文を見つけた。そこには次のように書かれていた。

海は遠いもの、遥かなもの、懐かしいもの、そして神秘なものの一つの象徴的な形である。私は海を思うたびに妣《はは》の国という言葉を思い出す。妣という難しい字は死んだ母を意味するが、その言葉の指すところは母国というのとはいささか違う。妣の国はここにはない遠い国であり、しかも我々の魂のなかに生き続けている懐かしい古里である。それは実在するものではないとしても、人は海を見るたびに、海の彼方にそれを思い描くのである。（中略）海のイメージは名状しがたい憧れを伴って、私の魂に巣くっていた。無限なもの、人間の力の及ばないもの、あらゆる汚濁を洗いしずめるもの、――そしてまた不可知なもの、それはひょっとすると人間的な絶望とあまりにも隔たりがあり、あまり

にも大きすぎるが故に、わたしを慰めてくれたのかもしれない。（福永武彦全集第十四巻）

この「海の想い」の複写を田口さんにお送りしたところ、折り返し「きみが福永と同じようなことを海に感じ取ったのはおもしろい」というような意味の返事をいただいたが、残念ながらその手紙は散逸したらしく手元にない。

「忘却の河（レーテ）」とはギリシャ神話において、死者が黄泉の国に渡る際、この河の水を飲んで生前の記憶を失うための場である。けれども人は生にあって、忘却できるものならば忘却してしまいたいような記憶を抱えて生きていかなくてはならない。その罪が救われるのはどこか、赦されるのはどこかを福永の小説は問うている。もしそうした場所があるのなら、そこが「妣の国」、「ふるさと」ではないのか、と。

今この追悼文を書くために、『忘却の河』を読み返してみて、藤代の妻が死の床で次のように語っているのが目にとまった。「わたしは自分のふるさとが海にあるような気がします、と妻は自分に語り掛けるように呟《つぶや》いていた。どうしてだか分からないけれど、ふるさとというと、何だか遠い海を思い浮かべて。青くて、深くて、涯《はてし》がなくて。」

たしかに波根の海岸には、直接『忘却の河』の賽の河原を思い起こさせるものは何もなかった。しかし波根の海がぼくの心に喚び起こしてくれたものは、『忘却の河』が描こうとした魂の世界だったのではないだろうか。

田口さんの書かれた作品で、とりわけぼくが好きなのは『現代文学』の六十二号に発表された「伊良湖畔をめぐって」だ。「海」についてぼくたちはよく話をした。このエッセイには盲目の教授が登場する。実在するらしいこの老教授は視力を失ったうえに癌を患い、北海に面したオランダのヘイローで「人生最後の日々を盲人として波の音に聞きいって過ごしたという」。北海の波音は夏でも高い。

先生の訃報に接し、ぼくはあらためて死を思った。人間の有限性を、そして小さな人間存在を超越した時間の流れを。ぼくはこの作品を読んだときから、この「ヘイローの波音に耳をかたむける人」に親近感を抱いていた。果てしない海、そしてすべてを包む宇宙に、おそらく人は死ぬと帰っていくのだろう。そう思うと、ぼくは自然に涙が溢れてきた。それは悲しみがきっかけだったが、無防備に涙するうちに、けれども悲しみと和解できるような気がしてきた。

あれから一年が過ぎようとしている。いまだ「たましいの速度」が追いつかず、先生の死を現実のものと思えないでいる。しかしそれはひょっとして、あのとき悲しみや喪失感と和解して、先生がぼくの心のなかで永遠に生きられているからかもしれないと――僭越極まりないが――思うこともある。
最後に、田口先生の詩業を偲んで、先生の詩を引用したい。

旅の収穫

田口義弘

闇のなかで私は受話器をとった、
まだコートを着たまま、そして鍵を手にしたままで。
〈たったいま旅から戻ったばかりなのですが〉
と私は言った。
すると相手は〈ちょうどよかった、旅の収穫は
なんだったか、うかがおうと思いまして〉
〈難しい質問ですね。どこへ私は行ったのだったかな?〉
私は返答につまったが、ふと頭のなかに
また部屋の闇のなかに、ほのかに光る輪郭を得て

一羽の鳥の死骸が浮かんできた。

私はある海辺を歩いていたのだ。
そのとき海は疲れた湖のように力萎えていた。
激しい波を見るつもりでそこを訪れたのに、
冬のさなかだというのに、
期待外れに穏やかな夕刻だった。
浅い水のなかに白い手袋の片方だけが漂っていた。
砂のうえには人の歩いた痕は乏しく
鳥や犬の足跡ばかりがやたらと多かった。
ひとつの赤い蟹の甲羅が妙に眼をひいたが、
それは空っぽで、鋏も足もなく、
一個の食器に似ようとしはじめていた。
暗い泥と明るい黄金をはらむ空中の一角で
短命な時計のようなひとつの雲が消えかけていた。
私は水辺を離れて岸壁の石段のほうへ足を向け、

そんな私の歩みを引き寄せたのだ、
一羽の大きな鳥の死骸が。

尋常の鷗よりもそれは大きかった、
並外れて頸の長いその骨格が鷺を思わせ、また白鳥を思わせ
けれどもその死骸はほとんど骨になっていて、
すでに鷺からも白鳥からも脱却し、鳥だったときの
姿や色はその残骸からは判然としなかった。
しかしそれはまだ羽ばたいているかのように
その骨化した翼をひろげながら、異様に浄化されていて
さながら一個のみごとな細工だった。
それだけは黒褐色の堅い卵型の頭部、
それには塩がかかっていた、
まるで食卓塩の小瓶がそのうえで一振りされたかのように。
くり返しくり返し、おそらくはいくつかの季節にわたって
波に洗われ、おそらくはそんな水葬のすえに

一種の聖なる徴としてその頭部に残された大海の結晶、
見えない司祭がつかさどったひそかな祭儀……。
そしてその頭部のなかでは
なんというさまざまな海の動き、姿が忘却されていたことだろう。
私はその鳥の死骸を顔のまえにかざした。
それはこの冬の短い旅のなかで私の出会った
最上のものだったかもしれない。
私はこの一品をもち帰ろうかとさえ考えだしていた。
だが同時に直感した、そうすれば
かえってそれを失ってしまうだろう、と。
むしろ私はそれを空中に放りあげるほうがよいだろう、
この翼はふたたび飛ぼうとしているのではないか、と。
けれどあやうくそれを放りあげようとした
この私は見たのだった、いまは骨だけになった
その翼のつけねから細長い根がいく筋ものびていることに、
暗い地中で何かとつながれるための電線さながらに。

ふたたびの昇行のためのふたたびの沈降?……
私は足元に小さな窪地を作って
このみごとなオブジェをそこに横たわらせ、
砂で白くそれを覆っていった
その死骸の変容に私もささやかに協力するために、
秘密をはらむ無言の循環の一点にそれを委ねるために。

〈はたしてそれは収穫というべきものでしょうか?……〉
ふと私はわれに返った。
私は右手に受話器をにぎりしめていた。
〈何か収穫のことを私は話していましたか?……〉
私は問い返したが、
鳥の頭部にも似たその硬い装置の中には
もはや奇妙な無言があるだけで、
いったい誰が私を聞いていたのか
私にはわからずじまいだった。

孤独と連帯——山田稔

山田稔のエッセイ「パリ——シネマのように」には、山田文学のエッセンスともいうべきものが凝縮されている。

私の友人のイヴ＝マリ・アリューがこんなことを書いている。——パリのカフェは劇場に似ている。内部の構造からしてそうで、表の通りという舞台に面して椅子が並べられ、両側と奥には常連用の特別席まで設けられている。カフェで議論に熱中しているように見えるフランス人たちも、じつは一方で、近くのテーブルの客や表の通行人の様子を見物して楽しんでいるのだ。一九六六年七月、生まれてはじめて国境をこえ異国の土を踏んだ私の眼に、コスモポリス・パリはその街全体がさながら一大劇場と映った。

「人間とはこんなにも変化に富む存在であるのか。バルザックが小説の登場人物のひとりひとりについて細部の描写にあれほどの情熱をそそぐわけが、やっと実感できる気がした。」そんな感慨にふける山田は、やがてあることに気づく。「ここにはそれまで漠然と考えていたような『フランス人』といった概念でくくられる人間は実際は存在せず、肉体的特徴から考え方、行動の仕方にいたるまで千差万別の個人がいるだけのようであった。その異なった者たちはわれわれ日本人とはちがい群がることを避け、他人のことには無関心に生きているらしく見えた。この国で、この街で異邦人であるのは私だけではなく、彼らすべてが互いに異邦人なのだ。この認識は私をいくぶん楽にさせた。」

山田はこの社会の中に異邦人として暮らすすべての人々の体の芯にひそむ孤独の深さに思いをめぐらす。

カミュの短篇集『追放と王国』のなかに「ジョナス、または製作中の画家」という一篇がある。その最後に、家族や友人と離れて暮した画家ジョナスの死後、残された空白のキャンバスに、tとdの一字ちがいで、solitaire（孤独）ともsolidaire（連帯）とも読める字がかろうじて読みとれるほどの小ささで書き残されてあった、という個所がある。フランスにいる間、私はよくこの話を思い出した。そして「孤独」を「個人」と、「連帯」を「社会（組織）」あるいは「人間関係」と読みかえて、フランスの、いやおそらくフランスだけでなく個人を中心として成り立っている異質社会とそこに生きる人々の生のあり方を想像してみるのだった。男も女も、老いも若きも、子供たちですら孤独を背負い、自立をねがいつつ他者との結びつきを失うまいとして生きている。私がパリの映画館のスクリーンでくり返しみたのはそのような孤独と連帯の間に揺れる人間のドラマだった。

「孤独と連帯の間に揺れる人間のドラマ」。これ以上簡潔に山田文学の特質を指し示す言葉はない。

山田稔のほとんどの作品ではとくに事件らしい事件は起こらない。文体はさりげないものので、すこしも断定的な言い方をしない。そこには観念的な議論もない。これらの小説として弱点となりかねない特徴をあえて引き受けつつ、彼が作品を書き継いでいるのは、おそらく山田稔の作品の内容がそれを要請しているからであろう。われわれはその内容を検討することで、彼の作品世界を導き出すことができるのではないだろうか。

山田稔はエッセイ「わがオーウェル」（一九八五）のなかで、「ものを書く人間の私的動機の大切さ、いかに正義のための運動にかかわっていても、『物書き』としては、公的な、大義名分の立場では書いてはならぬ、という教訓を得た」と書いている。そして「彼（オーウェル）の人間的な面、いいかえるなら、スペイン内戦のさなかにあって一方で政治状況を分析しつつ、同時に人間を、生きた個々の人間の表情や身ぶりに関心をもち、それをこまかく観察することを忘れないオーウェル、戦闘に強いコミュニストの組織力にではなく、無統制の弱点を嘆かわしいほどにさらけだすアナーキストの側に人間らしさを発見する、そうしたオーウェルに深い共感」を表明する。このオーウェルの態度はそのまま山田稔の文学姿勢に通底しているといえよう。つまり山田稔の文学の関心は人間の「人間らしさ」を拾いあげることに向けられているのである。それでは山田稔はいったいどのような人物を描いているのだろうか。

山田稔の小説に描かれているのは、孤独のなかに生きている人々の息づかいである。かつて埴谷雄高は『幸福へのパスポート』（一九六九）を評して、「山田稔の作品のなかでは、窓も部屋も樹も枝も広場の石畳も、そして、ひとびとも、すべてが孤独のなかで他者から親愛と交感を求めて、静かに息づいている」と述べたが、この慧眼の指摘は彼のすべての作品にあてはまるといっていいだろう。「孤独」と「他者への（あるいは他者からの）呼びかけ」、それは山田稔の小説のなかに一貫して認められる構図である。山田稔自身は、それについてエッセイ「わが街コーマルタン」（一九八一）のなかで次のように説明している。

この街では、住人のだれもが異邦人として、孤独をおのれの影のようにひきながら暮らしていた。一方では他者とのかかわりあいを避け、たがいに警戒し合ってすらいるそれらの人々が、しかし他方では、他人からの呼びかけをひそかに期待してもいることを、やがてわたしは知るようになった。彼らが孤独をのがれ、他者と触れ合おうとする目立たぬ努力、こまやかな工夫や約束ごとなどにわたしは敏感になった。路上でかわされる微笑、挨拶、さりげなく差しのべられる手、そういった些細な習慣が、わたしにはたんなる習慣とは映らないのだった。

孤独をテーマにする作家は少なくない。しかし、そのなかにあって山田稔が独自の立場を占めているのは、彼の登場人物が他者への呼びかけ、あるいは他者からの呼びかけをひそかに期待している点にある。この期待、もしくは渇望といってもいいかもしれないが、彼の小説においては、それが物語の行為の原動力となっている。たとえば「犬のように」（一九六八）では、主人公はわけの分からぬ衝動から旅に出かけるのだが、小説の終わりでその衝動の原因について「私が心の奥で待ちのぞんでいたのは、じつは《おいで（ヴィアン）》の一語ではなかったのか」と自問している。

「他者への呼びかけ」という主題は、とりわけ「バリケードのこちらがわ」（一九六九）、「教授の部屋」（一九七二）、「逃亡」（一九七三）など学園闘争をテーマにした一連の作品で重要な意味をもっている。「バリケードのこちらがわ」で、主人公は自分の研究室を学生に占拠される。はじめは怒りと屈辱感をおぼえていた彼も、学生から「われわれの新居を参観に来られますように」という手紙を受け取ると、招待状を手にして出かけるだけでなく、その後もたびたび訪ねるようになる。なぜなら彼は自分の存在が学生からも大学当局からも黙殺されているのが耐えられなかったからである。つまり山田稔における孤独とは、自己存在の希薄性に対する不安であり、まさしくこれが他者への呼びかけ――自分の存在を支えてほしいという――の契機になっているのである。

このテーマがもっともよく表われているのは山田稔の唯一の長篇『選ばれた一人』（一九七二）である。大学の英文学科の助教授逸見は、大学紛争の混乱のさなか、知らないあいだに自分の講義が休講にされていることを知り、驚く。説明を求める逸見に対し、大学側ははっきりとした返答はせず、ただ当分のあいだ自宅で待機していてほしい、とくり返すばかりである。自分でも原因がさっぱり見当がつかない不条理に、彼は閉塞状態に陥る。挙句に喫茶店で見知らぬ青年に思わず「おひまでしたら、ちょっとわたしの話相手になっていただけませんか」と哀願する始末である。

　ここでも中心テーマになっているのは、無視された自分の存在を認めてもらいたいという願望である。彼のこの願望の契機は、先ほど述べたとおり、自分に対する不確かさである。それは、自分の、というより人間の存在の根拠の頼りなさの認識に基づいているといえよう。誰かに自分の自己同一性を保証してほしいという期待が、世間への彼の卑屈さの原因になっている。

　だが、ディケンズの研究者である逸見は、彼の作品を読み直すことをきっかけにして、しだいに屈辱から立ち直っていく。ディケンズについて触れたところは作品のほぼ中央に位置するが、この挿話は作品の主題を入れ子構造のように語っている。

　これまで逸見はディケンズを社会改革派の作家として研究を進めていた。つまりディケンズを社会との関係で位置づけようと試みていたのだ。しかし、再び『デヴィッド・コパフィールド』を読み返して、そのなかの初恋のエピソードに感銘を受け、むしろ自分の心のありかが分からずつねに迷い、つねに誤まりつづけたあわれな人間としてのディケンズに強く惹かれるようになる。このことは逸見が人間を個人のなかで、弱い存在である個のなかで位置づけることを決意したことを意味する。

しかし一人の人間の自己同一性を保証するためには人間はあまりにも弱々しい存在でしかない。ようやく呼ばれて大学に来てみると、紛争は何も遺すことなく終熄《しゅうそく》しており、学生と教官とは何事もなかったかのように腕をとりあっていた。そんななかで彼は自分が他大学に転出させられたことを知る。こうして、彼は自分に対して主体性を取り戻した瞬間に、大学当局（＝社会の側）からはパージされ、もはや彼の個としての存在を支えることを拒否されるわけである。そして逸見は自分があまりにも無力であることを自覚している。

この作品にみられるユーモアも「孤独」とは無縁ではない。自分をすら確認できない矮小な存在である自分への嗤《わら》い、自分の存在の危うさをユーモアで覆い隠そうとする自嘲的な嗤い、この作品に限らず山田稔の作品の苦いユーモアは、そこに由来しているのである（旅行記『旅のなかの旅』を見よ）。

『旅のいざない』（一九七四）や『再会、女ともだち』（一九八九）では、主人公たちは自分の過去の思い出を取り戻す行為によって自分との一体感を回復しようとする。しかし時の流れに阻まれ、他者との記憶の齟齬から自分の姿を見失い、かえって孤独を深めるばかりである。記憶のあやふやさからくる存在の希薄さをモチーフとする傾向は、近作『リサ伯母さん』（二〇〇三）にも顕著である。

みすず書房から刊行されている「シリーズ　大人の本棚」の一冊『チェーホフ　短篇と手紙』の編者をつとめた山田が、前書きにあたる「チェーホフの距離」で描くチェーホフの姿は、山田稔の自画像そのものだ。

「チェーホフはどんなに親しい人にたいしても一定の距離をおいていた」と作家イワン・ブーニンは回想している。「社交をおろそかにせず、訪ねて来る者を拒まない。あたたかく持て成す。しかし芯はどこか冷たい」のだ。そんなチェーホフの距離について山田はこう説明する。

> 青春を犠牲にして手に入れた貴重な自由を、チェーホフは相手が社会であれ、個人であれ、頑に守り通そうとした。自由を束縛するおそれのある一切のもの、名声にたいしてさえ慎重で、小心なほど警戒心がつよかった。そこからチェーホフ独特の距離のとり方が生じてくる。

その距離ゆえに、政治的立場がはっきりしない、主義主張に欠ける、無関心だとの批判をしばしばうけた。それにたいし、つぎのように言う。——無関心な人間だけが事物をはっきりと眺め、公平であることができる。ただしこれは、エゴイストや空虚な連中の無関心とは別のものだ。

彼の眼には（中略）あらゆる「主義」は専制、束縛と映る。彼の標榜する「無関心」はその束縛を用心ぶかく避けるための擬態のようなものだ。

山田によると「いわゆるチェーホフ的哀愁も、ユーモアも、皮肉もすべて、自由を求めての身を揉みしだくほどの努力、その過程の辛さから生じてくる」のだ。

さらに「チェーホフにとって、安心して愛することのできる女性は（中略）空間的、時間的に遠くにいる存在である。そして一定の距離をへだてながらながめる際に感じる一種独特の淋しさ、『人生にとって大切なものを失ってしまったような』いわば先取りされた喪失感、これがチェーホフの恋に不可欠なものなのである。」チェーホフと女性たちとの距離が、山田稔の作品の登場人物たちの関係にそのままあてはまることは、いうまでもあるまい。

けれども人間に注ぐ山田稔のまなざしはけっして絶望的にはならない。彼を絶望から救っているものは人間の尊厳に対する信頼ではないだろうか。前出の「わがオーウェル」の末尾近くで彼はこう書いている。長くなるが引用する。

「不思議なことに、スペインでの経験は、人間の人間らしさに対する、ぼくの信念をふやしこそすれ、へらしはしなかった」〔オーウェル『カタロニア讃歌』からの引用＝引用者註〕

わたしはむかし読んだペンギン・ブックス版を取り出して、この個所を探した。そこには青いボールペンで線がひいてあった。そしてわたしは「（人間の）人間らしさ」と訳されている言葉が英語の decency（品位）に当たることを知った。ああ、これだったのか。私は永年忘れていた大切なものにふたたびめぐりあえたようなよろこびと懐かしさを覚えながら、胸のうちでつぶやいた。この言葉こそ『カタロニア讃歌』を書き、また一方で「絞首刑」を書いた作家にふさわしい。

歳月の層の下から、じわじわとむかしの感動がよみがえってきた。まだ、住み慣れぬ異郷のかりのすみかの一室で、寒さと孤独を忘れて最後まで読んできてこの言葉に出会い、何か啓示でもうけたように打たれてその下に強く線をひいた自分を、私ははるかにふり返った。『カタロニア讃歌』の印象は、はじめて読んだときの環境、私のからだところの状態、まわりの情景、静寂、美しい秋の色、部屋の匂いとさえ密接に結びついているのだった。はじめて知る孤独のなかで、家族関係も社会的地位も、そして言葉さえも失い、いわば裸同然の一個の人間にもどったとき、自己をみつめる私の視線に、「人間の品位」(decency of human being) という文字は、このうえなく貴重な宝物のような輝きを帯びて映ったのではなかったか。オーウェルを読みかえすことは、この感覚を取りもどすことであるだろう。それはオーウェルにかぎらず、私にとって「文学」の意味するところである。

また、山田稔は別のところで次のように書いている。

いま、文学とは何か、小説とは何か、と正面から問われればわたしは沈黙するより仕方がないけれども、しかし人間の可能性という点にかんしていえば、文学とは万能の渇望ではなくて、一人の人間の能力の限界の認知、多くの可能性の放棄の容認の上に立ったささやかな営み、傲慢ではなく謙虚さではないだろうか。(「失われたユートピア――高橋和巳」一九七一)

控えめな語り口でいながら山田稔の文学が、文学として力をもって迫ってくるのは、彼の小説の背後に脈々と流れるこのような自覚に基づいた、孤独な人間を描く彼のまなざしによるものではないだろうか。

水晶の精神——野村修

それはもう何年も前、西ドイツの詩人エンツェンスベルガーについてのゼミでのことだった。最初の授業で野村さんは学生に、「ぼくはヘビースモーカーだから、授業中も煙草を吸わせてもらいますよ」と断ってから、授業を始められた。片手に煙草を挟んで、静かに話を進めるのが野村さんのやり方だった。必要なときは、立ち上がり、チョークを手にとって、背中の黒板に板書をしながら。ところがある日、話に熱がこもってきたのか、野村さんはふり返りざま、やおらある名前を黒板に書きつけようとした。手にしていた煙草はぐしゃりと崩れた。その時の「ああ」といううめき声とともに浮かんだ野村さんの驚きとも恥じらいともとれない表情を、ぼくは忘れることができない。

しかし、野村修という名前がぼくの記憶に刻みこまれたのは、授業の風景ではなく彼が著した一冊の本のためだ。『彗星のように』（平凡社、一九九〇年）。「二十世紀を生きた三人の女性」という副題がある。詳しくいうと、ラリサ・ライスナー＝ロシア革命後の赤軍の戦い、そしてドイツ各地での共産主義者の蜂起に身を挺した。ティーナ・モドッティ＝イタリア・ウーディネに生まれ、アメリカ大陸に移住、メキシコで写真家としての才能を開花させながら、スペイン内戦が勃発すると、国際赤色救援隊の活動に身を投じた。ズザンネ・レーオンハルト＝ドイツ共産党（の左派）として、共産党の変質を身をもって体験し、亡命先のソ連では強制収容所に送られ、のちに生還して回想録『盗まれた生涯』を遺した。『彗星のように』は、この三人の女性の歩んだ困難な生涯を、野村さん一流の語り口──穏やかだけれど、熱のこもった──で描いている。

一八九〇年代にこの世に生を受けたこの三人の共通点は明らかである。若い頃に体験した労働運動の昂揚、第一次世界大戦、ロシア革命、二十年代の政治的擾乱。このような時代にあって、彼女たちは闘士としての道を選んだ。──だが、このような類似は表面上のことにすぎない。彼女たちが高貴な精神、あるいは混じり気のない情熱の持ち主だったということである。今日の友人が、政治状況の変化によって──それはしばしば「党」の路線変換といったものだった──、明日には敵になってしまうことが日常茶飯事の毎日にあって、己の信念に忠実に、信じるところに従って行動した。どんなに過酷で屈辱的な時にも、けっして自分の良心を売り渡しはしなかった。いま野村先生への追悼文を書きながら、この本を読み返していると、行間から彼女たちの生きる姿に対する野村さんの讃嘆の念がひしひしと伝わってくる。同時に彼女たちに対する愛情も。

そして、この本にぼくは強く心を打たれた。野村さんに対するぼくのイメージはこの本によって決定されたといってよい。

今日、「希望」を語ることは難しい。この一世紀の間に「希望」という言葉は為政者たちによって横領され、手垢にまみれてしまった。ベトナム戦争の時もそうだし、湾岸戦争もそうだ。ペルーの日本大使館人質事件もそうだ。野村さんの本がぼくの胸を熱くするのは、困難な時代にあってもなお、「希望」という言葉への希望を捨てないことの希望だ。それは、日常のありとあらゆるところに遍在する、さまざまな形の権力による抑圧に対する、黙々とした粘り強い持続的な抵抗の謂《いい》である。

一九九六年秋、ヴィーンに留学して間もなく、オーストリア南部のクラーゲンフルトで、ティーナ・モドッティの写真展が開かれているのを知り、出かけた。彼女の生誕百年を記念して、ティーナが幼少の一時期を過ごしたこの地で回顧展が企画されたらしかった。そこで初めてティーナの写真と対面した。メキシコで撮られた鎌、ハンマー、ギター、弾帯、ソンブレロを組み合わせた写真。集会や村々での人々の表情を収めたスナップ。それらは「ありふれた物象が、思いがけない美しさで見る者の眼前に浮上してくる写真」でありつつ、強い社会的メッセージを送るものだった。だが、彼女は写真機を棄て、スペインに渡る。それは「写真を撮る行為は本質的に不介入の行為である。（中略）介入すれば報告できないし、報告すれば介入できない」（スーザン・ソンタグ）ジレンマからだったかもしれない。

写真を観ながら、スペイン内戦で体を病み、メキシコで没したティーナのこと、そして彼女の生涯を共感をこめて描く野村さんへと思いを巡らせた。あのおとなしそうで物静かな彼のどこに、このような熱い闘志が秘められているのか、と。

展覧会でもらったちいさなパンフレットと一緒に野村さんに手紙を書こうと思った。だが異国にあって住所を知る術はなかった。そして野村さんは逝かれてしまった。今すぐ頭に浮かぶのは、やはりスペイン内戦に参戦したオーウェルが「スペイン戦争を振り返って」に掲げた詩の一節だ。（橋口稔訳）

きみの骨が枯れぬうちに
きみの名も行為も忘れられた

きみを殺した嘘は
もっと深い嘘の下に埋められている

しかしぼくがきみの顔に見たものを
いかなる権力も奪うことはできない
その水晶の精神を
いかなる爆弾も砕くことはできない

わが心の高見順

学生時代、鎌倉・東慶寺へ高見順の墓参りをしたことがある。大きな自然石の墓碑を前に、彼の作品や人となりに思いをめぐらせた。

高見順は戦前・戦中・戦後にかけて、つねに不安な状況を生きた。戦前の行き場のない閉塞が、敗戦によって何ら解放されたわけではないことを身に染みて感じていた。高見順はそんな不安な状況から脱却したいと夢みる。だが彼の人生は、佐々木基一の表現を借りると、「『ここ以外のどこへでも！』の叫びが、戦いらしい戦いもできないまま降伏してしまう」という体《てい》のものだった。それを彼の転向体験に帰すべきでないとわたしは思う。なぜなら彼の資質は、己を不自由にしている現実を呪う前に、まずそのような現実の中でむなしく悶えることしかできない自分へと視線を向けてしまうからである。「世の中も厭だが、そのような世の中に生きている自分が厭だ」と感じてしまうのである。そんなすべてをダダイストのように木端微塵に打ち砕いてしまいたいと欲求しながら、振りあげた拳を振りおろせないでいる。

ゆえに高見順の登場人物は自虐の傾向を帯びる。たとえば『如何なる星の下に』の「私」は、筋肉逞《たくま》しい暴漢の群に撲《なぐ》られている夢をみる。ところがふと気がつくと、自分がその暴漢の一人になっているのを見出す。そして地べたに意気地なく惨めったらしく転がっている奴に、なんともいえない憎悪と憤怒を感じ、「飽くまでいじめさいなむ快感に酔い痴れながら、踏んだり蹴ったりしてやろうといきり立っている」自分を見る。この屈折が彼の真骨頂だ。

つまり高見順の文学は劣敗者の文学である。『いやな感じ』のテロリスト加柴四郎のように、やり場のない「胸のモタモタ」を抱えながら、己を全うすることができない者の文学である。「文学上の仕事には、必ず劣敗者のみっともない泣き言がつきものだから厭になる。スポオツには泣き言が無い。相手より五十糎《センチ》少なく跳んだ者も決してあとで文句なんかつけに来ない」というモンテルランの言葉を、激しい鞭のように感じ取る。爽快に逞しく五十米《メートル》跳ぶような小説を書きたいと思う。「やッたれ」といった気持ちになる。

けれども、同時に自分が永遠の小悪党たらざるをえないことも痛切に自覚している。そしてまた、跳んでみたところで何かが展《ひら》けてくるわけではないことを知っている。ちょうど『如何なる星の下に』の「私」があれほど憧れていた小柳雅子に会えた瞬間、はたと「会って、どうしようというのだ」と悟るように。

かくして彼の文学は容易にセンチメンタリズムに陥る危険を孕む。しかし彼は甘いだけの作家ではない。ある時期、彼は尖端恐怖症と白壁恐怖症を患う。高見は机の傍らにスケッチブックを置いて、創作の合間にユーモラスな落書きをしていたのだが、あるページには画面いっぱいに無数のギザギザが描かれていて、隅に「もう怖くない」と書かれている。わたしはここに彼の不屈の意志を認める。そんな高見順の、いかにも彼らしい無垢な面がよく表われている詩を掲げて、彼への頌を閉じたい。

巻貝の奥深く

巻貝の白い螺旋形の内部の
つやつや光ったすべすべしたひやっこい奥深くに
ヤドカリのようにもぐりこんでじっと寝ていたい

誰が訪ねてきても蓋をあけないで
眠りつづけこっそり真珠を抱いて
できたらそのままちぢこまって死にたい
蓋をきつくしめて
奥に真珠が隠されていることを誰にも知らせないで

あとがき

いますべての原稿を送り終え、「あとがき」を書く段になって、細見和之さんから『投壜通信』の詩人たち――〈詩の危機〉からホロコーストへ』が届いた。その中で細見さんは、パウル・ツェランにとって、「芸術は美ではなく真理をめざす」というシェーンベルクの命題――ツェランが目にしたのは、アドルノによる引用――が決定的な意味を持ったことを示唆している。この命題を本書に引きつけて言い換えるなら、こうなる。「真理に到達するとは何か？　真理（に到達すること）と現実（を獲得すること）は同じか否か？　現実が『ことば』を通して獲得されるとするなら、『ことば』という媒体とは何か？　そのことばを語る『わたし』とは誰か？」この本はおおよそこうした問いをめぐる、不眠症のような問いかけと答えといえる。

デュラスに寄せた一文で触れたジョージ・スタイナー――パリに生まれ育ったオーストリア人で、文芸評論家としてアメリカで活躍した――は『言語と沈黙』の中で、西洋文明を「ことばによって現実の全体を語りうる」という発想に貫かれたものだと特質づける（それに対して東洋では、禅問答のごとくことばを突き抜けた（ことばでは伝達しえない）悟りの境地に真理はあるとする。）しかしこのことばの優位が十七世紀以降失われてきた、と彼は述べている。

二十世紀に入りヴィトゲンシュタインが直面したのも、「現実は、それについてことばによって語りうるものなのか？」という言語危機だった。セザンヌやその後の抽象絵画がめざしたのも、「ことばによって対応できるなにか」ではない、ない世界であるし、音楽については言うを俟たない。カンディンスキーの絵画、シェーンベルクの音楽は、作者（芸術家）とそれを受容する側の、理解のための暗黙の規則（語法）自体を問いに附す。「対象とそれに対応することば」の因果関係を破壊し、「原因から結果へ」という了解の時間の流れを「同時性」という渦に投げ込もうとしたのがランボーだ。

スタイナーによる西洋文化の見立てを素直に受け入れるか否かは人それぞれだと思う。けれども、ヴィトゲンシュタインの同時代人カール・クラウスやヘルマン・ブロッホから、戦後のペーター・ハントケ、エルフリーデ・イェリネク、さらにカトリン・レグラへといたるまで、オーストリア文学の系譜は、諧謔性を伴いながらも、紛れもなく危機に瀕した「ことば」の喚起力をふたたび取り戻そうとする捨て身の実験だといえるだろう。また一つの言語の中ではなく、複数言語のあいだでヴィトゲンシュタインの命題を主題化した作家に、ジェイムズ・ジョイスや多和田葉子など世界文学の担い手を位置づけられるかもしれない。そして、アドルノが「抒情詩と社会」の中で強調しているように、ことばの危機は、近代化にともなう社会の変化による「わたし（自我）」の危機と表裏一体を成していた。

＊　＊　＊

――「あとがき」にまでこんなに肩に力の入った文章を書いて面はゆいかぎりです。この本は、学術書ではなく「読み物」として多くの読者の元に届けたいという思いで作ったからです。ツェランとバッハマンに関する文章は学術誌に発表したものですが、短く切り分け、読みよいように書きあらためました。註や原典表記を省いたのも、読むときにかえって煩瑣になると考えたためです。なお訳者名を記載したもの以外はおおむね拙訳です。もちろん、先人の研究や訳業も参照させていただきましたことを、謝意とともに明記しておきます。

ここに収めた文章は、この三十年の間さまざまな機会に書き溜めてきたものです。文学、音楽、絵画、そして恩師の肖像など、扱った対象も多岐に及んでいます。これらの雑文を集めていずれ一冊の本を編みたいという思いは、かねてから抱いていました。

このたび松籟社の木村浩之さんにお願いしたところ、作品の取捨選択ばかりでなく、全体の組み立ても考えてくださいました。それによって「みずからの闇に錘を垂らす」「ことばに揺さぶりをかける」という二つの主題が（書き手のぼくには思いがけず）浮かびあがることになりました。この二つの軸にもとづいて、既存の文章にさらに手を加え、あらたに文章をいくつか書き下ろしました。一年余にわたる木村さんとの原稿のやり取りを通じてできあがったのがこの本です。編集者の木村さんなしにこの本は存在しえなかったことを、感謝の気持ちとともに、まず記したいと思います。

京都大学で教えを受けたドイツ文学の田口義弘、小島衛、内藤道雄、飛鷹節先生。折りにふれ遠方から励ましの手紙をくださった神品芳夫先生。初級フランス語を教えていただいた後もひろく詩の世界へと誘ってくださった宇佐美斉先生。「二十世紀学」という新たに開設された講義を通じてご縁をいただいた柏倉康夫先生から受けた影響もはかりしれません。教室、研究室、さらに酒席で聞かせていただいた先生方のお話が、いまの自分の骨肉を形成したと書けば、かえって失笑されるかもしれません。学恩にどれほど報いられたかはなはだ心許ないけれど、あつくお礼申し上げます。またよき先輩・後輩にもめぐまれました。自分勝手で、行き詰まるとすぐに投げだすぼくを、激しながら寛容に見守りつづけてくれた友人たち、とりわけ早崎守俊先生がはじめられた「ドイツ現代文学ゼミナール」で知り合った若い友人。非常勤講師の先行き不安な時期から公私ともお世話になった岡真理、細見和之、田崎英明の三人にはいくら感謝のことばを述べても足りません。初心を忘れず、これからも精進していきたいと思います。

私信および詩の引用を許してくださった田口義弘先生の夫人はるみさん、表紙に作品を使うことを快諾くださった麻田浩さんのご子息弦さんにお礼申しあげます。

最後に私事になりますが、本書の推敲を進めている最中この世を去った父・宏に本書を捧げます。医師であった父が進行性の稀病で体の自由やことばを失っていった何年間かに病床でなにを考えていたのか、いまだ思いは尽きません。そして「もの」ではない「いのち」のかけがえのなさとはなにか、まさに父が目の前で息を引きとるその瞬間まで考えさせられました。最後まで治療をつくしてくださった京都府立医科大学時代からの父の同級生のみなさまにはあつく感謝申し上げます。命の尊厳が叫ばれるわりには、「いのち」があまりにも粗末に、しばしば「もの」以下の扱いしか受けていないこの世界で、精神のリレーを引き継いでいきます。

二〇一八年三月十九日　京都

國重裕

ことばの水底へ　初出一覧

＊ほとんどの文に大幅な加筆・訂正を加えました。また題名も今回改めたものがあります。

自画像——鴨居玲と磯江毅　『ムーンドロップ』第十三号（二〇一〇年）、『ムーンドロップ』第十五号（二〇一二年）

原風景——麻田浩　『ムーンドロップ』第九号（二〇〇七年）

木を削る——川添洋司　『ムーンドロップ』第五号（二〇〇六年）

言葉に揺さぶりをかける——藤原安紀子　『紙子』第十二号（二〇〇六年）、同誌第十三号（二〇〇七年）

雪崩れる「わたし」——古井由吉とムージル　書き下ろし

ことばの不在と非在の作者――マラルメとツェラン　書き下ろし
ドイツ危機神学と詩学――ブルトマンとツェラン　『希土』四十号（二〇一五年）
神を讃える――ツェランとリルケ　『ムーンドロップ』第六号（二〇〇六年）
詩人オルフォイス――バッハマンとリルケ　『龍谷紀要』第三十八巻第二号（二〇一七年）
ユートピアとしての「わたし」――バッハマン　書き下ろし
語り手の「わたし」の消失――バッハマンとベケット　『オーストリア文学』第二十九号（二〇一三年）、『〈過去の未来〉と〈未来の過去〉――保坂一夫先生古稀記念論文集』所収
「消失する『わたし』――小説技法から見たバッハマン『ウンディーネ去る』」（二〇一三年）
リルケ「別れ」『夜の甕』第五号（一九九〇年）
語りえぬものと向き合って――ルイ＝ルネ・デ・フォレ　『ムーンドロップ』第十号（二〇〇八年）
マルグリット・デュラスの「声」『龍谷紀要』第三十九巻第二号（二〇一八年）
自然について――ドイツ・ロマン派の絵画　『水中花』第三号（一九九六年）
「他者」の声――マーラー「交響曲第九番」『遭遇』創刊号（二〇〇〇年）
シューベルトのピアノ・ソナタ　『世界小説を読む会』会報十五号（一九九二年）

ベートーヴェン「ピアノ・ソナタ第十八番」変ホ長調　作品三十一―三　『ムーンドロップ』第八号（二〇〇七年）

海の想い――田口義弘　『貝の火』第十四号（二〇〇三年）、『現代文学』第六七号（二〇〇三年）

孤独と連帯――山田稔　『夜の甕』第六号（一九九一年）

水晶の精神――野村修　『京都大学新聞』（一九九八年六月十六日）

わが心の高見順――『日本小説を読む会』会報三百九十八号（一九九六年）

引用詩一覧

ステファヌ・マラルメ　Stephane Mallarmé（1842-1898）
「溜息」Soupir
無題の十四行詩（「今宵　瑪瑙を掲げるがごとく……」）

ライナー・マリア・リルケ　Rainer Maria Rilke（1875-1927）
「形象詩集　序詩」1898
「秋の日」Herbsttag 1902
「秋」Herbst 1902
「予感」Vorgefühl 1904
「別れ」Abschied 1906

「愛の歌」Liebeslied 1907
「薔薇、純粋な矛盾」Rose, oh reiner Widerspruch 1927

パウル・ツェラン　Paul Celan (1920-70)
「光冠」Corona 1952
「闇」Tenebrae 1957
「讃歌」Psalm 1960

インゲボルク・バッハマン　Ingeborg Bachmann (1926-73)
「秘密をささやく」Dunkles zu sagen 1956
「海辺のボヘミア」Böhmen liegt am See 1964

【著者略歴】

國重　裕（くにしげ・ゆたか）

龍谷大学准教授（教養教育科目ドイツ語）。
1968 年京都生まれ。京都大学文学部ドイツ文学科卒業。2003 年「表象のユーゴスラヴィア――ユーゴスラヴィア内戦と西欧知識人」で博士号取得。専門は、現代オーストリア・東欧文学、比較文化論。
詩集に『静物／連禱』（七月堂）、『彼方への閃光』（書肆山田）ほか。共著に『中欧――その変奏』（鳥影社）、『ドイツ文化史への招待』（大阪大学出版局）、『ドイツ文化を知る 55 のキーワード』（ミネルヴァ書房）、『ドイツ保守革命』『東欧の想像力』（以上、松籟社）などがある。

ことばの水底へ――「わたし」をめぐるオスティナート

2018 年 6 月 26 日　初版第 1 刷発行　　定価はカバーに表示しています

著　者　國重　裕

発行者　相坂　一

発行所　松籟社（しょうらいしゃ）
〒 612-0801　京都市伏見区深草正覚町 1-34
電話　075-531-2878　振替　01040-3-13030
url　http://shoraisha.com/

印刷・製本　亜細亜印刷株式会社
装丁　安藤紫野（こゆるぎデザイン）

Printed in Japan

ISBN978-4-87984-365-4　C0095

イェジー・コシンスキ『ペインティッド・バード』（西成彦 訳）
46判・ハードカバー・312頁・1900円＋税

サムコ・ターレ『墓地の書』（木村英明 訳）
46判・ハードカバー・224頁・1700円＋税

ラジスラフ・フクス『火葬人』（阿部賢一 訳）
46判・ハードカバー・224頁・1700円＋税

メシャ・セリモヴィッチ『修道師と死』（三谷惠子 訳）
46判・ハードカバー・458頁・2800円＋税

ミルチャ・カルタレスク『ぼくらが女性を愛する理由』（住谷春也 訳）
46判・ハードカバー・184頁・1800円＋税

ゾフィア・ナウコフスカ『メダリオン』（加藤有子 訳）
46判・ハードカバー・120頁・1600円＋税

ナーダシュ・ペーテル『ある一族の物語の終わり』（早稲田みか、簗瀬さやか 訳）
46判・ハードカバー・240頁・2000円＋税

※すべてオリジナル言語からの翻訳でお届けします

＊

奥彩子・西成彦・沼野充義 編『東欧の想像力 現代東欧文学ガイド』
46判・ソフトカバー・320頁・1900円＋税

シリーズ「東欧の想像力」

世界大戦、ナチズム、ホロコースト、スターリニズム、
圧政国家、体制崩壊、国家解体、民族浄化……
言語を絶した過酷な現実を前にして、
それでもなお、生み出された表現の強靭さ

「東欧」と呼ばれた地域から生み出され、国際的な評価を獲得した作品を翻訳紹介します。

●好評既刊

ダニロ・キシュ『砂時計』(奥彩子 訳)
46判・ハードカバー・312頁・2000円+税

ボフミル・フラバル『あまりにも騒がしい孤独』(石川達夫 訳)
46判・ハードカバー・160頁・1600円+税

エステルハージ・ペーテル『ハーン=ハーン伯爵夫人のまなざし』(早稲田みか 訳)
46判・ハードカバー・328頁・2200円+税

ミロラド・パヴィッチ『帝都最後の恋』(三谷惠子 訳)
46判・ハードカバー・208頁・1900円+税

イスマイル・カダレ『死者の軍隊の将軍』(井浦伊知郎 訳)
46判・ハードカバー・304頁・2000円+税

ヨゼフ・シュクヴォレツキー『二つの伝説』(石川達夫、平野清美 訳)
46判・ハードカバー・224頁・1700円+税